НИНА ЖОЛИ

СКВОЗЬ ЗАМОЧНУЮ СКВАЖИНУ

Рассказы для женских сердец

Мюнхен • Санкт-Петербург • Чикаго
2020

С вопросами к автору обращайтесь по имейл:
ninochka.jolie@gmail.com

Художник: Александр Жоли

Редактор и корректор: Юлия Руда

Фотографии, оформление и верстка: Юлия Руда

Жоли, Нина

Сквозь замочную скважину: рассказы для женских сердец / Нина Жоли; худож. Александр Жоли. – Мюнхен/Санкт-Петербург/Чикаго: Rudnicki Press, 2020. – 280 с.

ISBN: 978-1-7354219-5-7

ПОСВЯЩАЕТСЯ

МОЕМУ ЛЮБИМОМУ МУЖУ
И ДРУГУ АЛЕКСАНДРУ ♥

СОДЕРЖАНИЕ

Рассказы:

ПАРУ СЛОВ О МАДАМ ЖОЛИ

НИНА ЖОЛИ - *русско-немецкая писательница, проживающая в Германии.*

Её счастливое многолетнее замужество всегда интриговало знакомых и друзей, провоцируя вопросы о тайнах её счастливой супружеской жизни. Как это возможно? Ответ все годы оставался тем же: любовная интимность.

Мадам Жоли любит быть таинственной не только для своих читателей, но и для своего мужа. Её наблюдательность даёт ей возможность пересказывать интереснейшие любовные истории. Какие из них реальны, а какие выдуманы – это судить читателю.

Суть всех любовных рассказов этой книги заключается в том, что любовь бывает разная, и мы должны всегда быть готовы к любым любовным приключениям – ведь никому не известно, когда они опять повторятся, и мог ли быть в одной из этих историй счастливый конец.

ПАРУ СЛОВ ОТ МАДАМ ЖОЛИ

Живите и любите! Будьте открыты к неожиданным встречам. Не бойтесь быть обманутой или брошенной. Возможно, ждет вас где-то преданный и верный человек. Пробуйте новое, но не забывайте старое. Ищите в мужчинах суть, а не разглядывайте поверхность. Поддерживайте интимные отношения в браке – не давайте им угаснуть. Будьте таинственной. Будьте любимой. Будьте счастливы!

СТРАННЫЙ СЛУЧАЙ

Стройный молодой начинающий режиссер стоял под навесом театра и, глядя на непрекращающийся проливной дождь, ежился от холода. На нем был элегантный светло-коричневого цвета костюм, единственный на все случаи жизни, и ему не хотелось попасть в нем под дождь. В карманах, как у большинства начинающих, было пусто. То есть осталась какая-то мелочь на проезд в трамвае или же, чтобы подкрепиться в дешевой забегаловке.

Пока он так стоял и обдумывал, на что лучше использовать деньги, к подъезду плавно подкатил «Мерседес». Дверь авто открылась и сквозь шум дождя молодой режиссер услышал приятный мужской голос:

– Молодой человек, садитесь в машину, я вас подвезу к ближайшей остановке метро, если вы хотите.

– Благодарю, охотно, – радостно произнес режиссер и сел в авто рядом с водителем.

«Мерседес» тронулся и покатил по дороге, разбрызгивая колесами лужи. Внутри салона было уютно и тепло. Из радио лилась приятная классическая музыка и в такт ей, несколько жестко, работали дворники, с трудом успевая стирать со стекол струи дождя.

– Позвольте узнать, как вас зовут? – спросил хозяин «Мерседеса».

– Анатолий. Анатолий Прыгунский.

– Очень приятно, Анатолий. Меня зовут Джордж. Как вы смотрите на то, что бы нам где-то вместе поужинать и выпить за знакомство?

– Это прекрасная идея, но, к сожалению, сегодня у меня нет с собой денег.

– Я вас приглашаю. Знаете, не люблю ужинать в одиночестве и мне нужно только ваше согласие. Ну как, вы согласны? – глядя вперед на трассу, спросил Джордж.

– Благодарю, я согласен, – поспешно ответил Анатолий, ободряемый заунывным урчанием пустого желудка.

– Ну, вот и прекрасно, – произнес Джордж и, переключив коробку передач, добавил скорость.

По дороге Джордж расспрашивал Анатолия о его работе, и Анатолий с увлечением рассказывал о театре, репетициях, спектаклях и современных пьесах. «Мерседес» подкатил к самому известному в городе отелю-ресторану

«Четыре времени года», и авто завернуло в подземный гараж.

— Вот мы и приехали, – произнес Джордж. – Сейчас поставим машину на свое место. Не люблю, когда это делают за меня работники отеля, не могу доверить свою лапушку никому.

Джордж выключил мотор, вытащил ключи из машины и вышел из авто. Анатолий последовал за ним. Они вошли в лифт, поднялись на первый этаж и вышли в ресторан. С приветливой улыбкой, как к давнему знакомому, к ним подошел ресторан-менеджер:

— Очень рад вас видеть, господин Кауфман. Ваш столик, как всегда, свободен, и я с удовольствием обслужу вас.

Анатолий не верил своему счастью. Он даже не мог мечтать попасть когда-нибудь в такой шикарный ресторан. Ему казалось, что это сон, в котором вообще не с ним это все происходит. Он даже слегка оробел, но простое поведение и приятный, доброжелательный тон Джорджа придал ему уверенности.

— Как всегда, вино «Романи Конти» или хотите что-то другое в этот раз, господин Кауфман? – осведомился ресторан-менеджер.

— Как всегда, Вольфганг, как всегда! Вино

то же самое и по бокалу, – ответил Джордж.

Вольфганг удалился и вскоре принес два бокала и бутылку вина.

– Весь ужин, Вольфганг, запишите на мой счет, как всегда.

Вольфганг слегка поклонился в знак согласия. Оба посетителя выбрали меню и Вольфганг удалился.

– Давайте, Анатолий, выпьем за наше знакомство, – подняв бокал, произнес Джордж.

Мужчины чокнулись, выпили, и приятное блаженное тепло разлилось по всему телу голодного режиссера. Появился Вольфганг с подносом в руках, на котором красовалась долгожданная для Анатолия еда. Некоторое время оба посетителя ели молча. После того, как тарелки опустели, Джордж тщательно вытер рот белоснежной салфеткой, поднялся из-за стола и сказал, обращаясь к Анатолию:

– Вы не возражаете, Анатолий, если к нам присоединится еще один человек?

– Конечно нет! – поспешно ответил Анатолий и подумал: «Могу ли я, вообще, возражать или нет, не я же его пригласил».

– Тогда, Анатолий, вы заказывайте, что хотите, счет придет на мое имя, а я на некоторое время вас оставлю.

Джордж удалился от стола, подошел к Вольфгангу, что-то ему сказал, и тот, подозвав к себе официанта, направил его к Анатолию за заказом.

Анатолий почти уже закончил свою трапезу. Он съел много, очень много, не надеясь на следующий такой же счастливый случай, когда ему снова удастся так вкусно где-то пообедать. Он выпил последний глоток вина и, сытый, слегка опьяневший, отклонился на спинку стула. Вдруг его пронзила мысль: «А что, если это была злая шутка? Ведь Джордж исчез, а теперь мне придется за все это платить самому?» От этой мысли ему стало не по себе, и он изрядно занервничал.

Но тут, наконец, он увидел Джорджа в сопровождении прекрасной брюнетки, направляющихся к его столику. Ему показалось, что он еще никогда не видел такой восхитительной дамы редкой красоты. Анатолий вскочил со стула и завороженно уставился на даму. Она была в длинном, блестящем, облегающем тело, вечернем платье с глубоким декольте. Ее темные волосы волнами свисали до плеч, карие глаза томно оглядывали зал и, наконец, остановились на Анатолии. У режиссера что-то екнуло в груди. Он смотрел на нее восхищенными глазами, как завороженный, и не мог произнести ни звука.

– Познакомьтесь, Анатолий, это мадам... – начал Джордж, но дама его прервала.

– Ариана, – произнесла дама красивым грудным голосом.

– Анатолий... э-э... режиссер... – смущенно представился Анатолий и галантно поцеловал Ариане руку.

Джордж помог ей сесть за стол и, поглядев на часы, произнес:

– Извините, мне нужно срочно вас покинуть, у меня неотложные дела. Могу я вас попросить, Анатолий, если вы не торопитесь, составить компанию даме, немного развлечь ее и, если надо, проводить? Учтите: желание дамы – закон для джентльмена!

– Безусловно, Джордж. Я ваш должник, вы знаете, – несколько театрально произнес Анатолий и, повернув голову к даме, продолжил: – Я к вашим услугам, Ариана, можете мной распоряжаться, как хотите.

– В таком случае, приятного вечера, до свидания,– улыбнувшись, попрощался Джордж и ушел.

Ариана заказала кофе со сливками и бисквитное пирожное.

После ухода Джорджа Анатолий почувствовал себя более уверенным в себе и несколько более раскованным. В нем проснулся актер, который хотел быть Казановой, Дон Жуаном, Ловеласом... Режиссер решил во что бы то ни стало завоевать сердце этой красавицы. Он шутил, рассказывал веселые истории из театральной жизни, блистал знаниями по искусству. Его жесты были плавны, изысканы и грациозны. Анатолий старался говорить глубоким, проникновенным голосом, с паузами и акцентами. Время от времени он прерывал свою речь глотком кофе.

Ариана пила кофе и томно смотрела на него с загадочной улыбкой Джоконды. Доев пирожное и допив кофе, Ариана аккуратно вытерла губы салфеткой и проникновенно мягким голосом проговорила:

– Анатолий, в моем номере есть шампанское. Вы не будете возражать, если мы выпьем с вами шампанское у меня?

– Боже! Как я могу возразить, Ариана?! Я не ослышался? Это мой сон? Ущипните меня, прошу вас...

Ариана кокетливо засмеялась и шутливо ущипнула Анатолия за щеку. Она встала из-за стола:

— Я пойду в номер десятый, а вы придете ко мне через десять минут. Я вас буду ждать. До встречи!

Она направилась к выходу, а Анатолий провожал ее восхищенным взглядом своих красивых карих глаз с предвкушением чего-то особенного, романтичного, что бывает – как он всегда считал – только в кино. Эти десять минут тянулись для него, как долгие часы. Он с нетерпением ежеминутно поглядывал на стрелки. Наконец, в тягостном ожидании, пробежала последняя минута. Он быстро вышел из-за стола и отправился в отель, нашел номер и постучал в дверь. Знакомый мягкий грудной голос произнес: «Войдите!..»

Анатолий вошел и завороженно остановился в дверях. У окна, напротив него, сидела в кресле Ариана в розовом воздушном пеньюаре, сквозь который просвечивалось ее белоснежное, слегка пышное тело, вызывающее эротические чувства. Красные, на высоких каблучках, туфли придавали ей необыкновенную элегантность. Он не решался сдвинуться с места, боясь, как человек искусства и эстет, потревожить это видение, достойное кисти художника.

– Проходите, Анатолий, в комнату и откройте шампанское, как мы договаривались, – кокетливо с приветливой улыбкой предложила Ариана, оставаясь сидеть в кресле.

Анатолий не слышал, что говорила Ариана, он только видел ее губы и улавливал мелодичные звуки, исходящие из ее груди. Режиссер, как в гипнозе, поплыл к ней, опустился перед ней на колени, осторожно взял кисть ее руки и стал нежным легким прикосновением губ целовать ее пальцы, потом ладонь, запястье все выше и выше до плеча, приподнимая воздушный рукав пеньюара.

Она не оттолкнула его и, не меняя позы, слегка наклонила голову в сторону, разрешая поцеловать белоснежную гладкую шею. Аромат дорогих духов возбуждал его воображение и провоцировал к дальнейшим желаниям.

Он прильнул губами к ее шее, потом к щеке, к прикрытым глазкам, к носу с легкой горбинкой, и наконец, к губам, припав к ним крепким страстным поцелуем. Руки его невольно заскользили ниже, к ее пышной груди с торчащими сосками. Не отрываясь губами от ее губ, Анатолий распахнул рукой ее пеньюар, и легким прикосновением провел ладонью вниз... Ариана издала томный стон и, обхватив руками его голову, притянула ее к своей упругой теплой груди, которую он начал страстно целовать. Ее тело потянулось вперед, к нему навстречу, ноги невольно раздвинулись, открывая заманчивые возможности неземного блаженства – вечного, неисчерпаемого тайника жизни.

Он нежно подхватил ее на руки, перенес на кровать и с нетерпением сбросил с себя одежду... Ее белое нежное тело возбуждало его до безумия, и звало его в рай любви... В пылкой страстной борьбе они слились в одно целое. Потом их мягкие движения стали неудержимо судорожными... Лавина оргазма лишила их сознания и полностью завладела всеми их ощущениями... Они впали в забытье и долго лежали молча рядом. Он любовался ее лицом, ее темными вьющимися волосами.

– Я безумно люблю тебя, Ариана.

– Ты мне тоже очень понравился, – с загадочной улыбкой ответила красавица, встала с кровати и накинула свой пеньюар.

Анатолий потянулся за ней и попытался ее обнять. Дама слегка отстранилась и сказала:

СТРАННЫЙ СЛУЧАЙ

– Я хочу шампанского, а ты его так еще и не открыл, – она подошла к креслу и села, закинув ногу на ногу.

Анатолию ничего не оставалось делать, как одеться, открыть шампанское, разлить его по фужерам. Ариана подняла свой бокал и произнесла:

– Выпьем за наше знакомство и прекрасное времяпрепровождение. Ты мне очень понравился, – повторила она.

С хрустальным звоном чокнулись два бокала, и оба любовника выпили по глотку.

– Я тебя очень люблю, Ариана, я пью за тебя, – произнес Анатолий, выпил до дна шампанское и продолжил: – Когда я увижу тебя снова?

– К сожалению, я замужем и мы не можем встречаться.

– Мы будем встречаться где-нибудь так, что твой муж не узнает, и я готов на тебе жениться, если ты хочешь.

– Я уже замужем, мне не нужно выходить замуж второй раз, – улыбаясь, ответила Ариана.

– Тогда будем встречаться тайно, я уверяю тебя, никто не узнает, – настаивал Анатолий.

– Узнает, он всегда все знает... Извини, я не могу с тобой встречаться... А теперь я прошу тебя, оставь меня одну, я должна немного отдохнуть, – Ариана подошла к нему, поцеловала в щеку и легонько подтолкнула к двери. – Прощай, Анатолий, мы прекрасно провели время!

Молодой человек вышел из номера в полном замешательстве. Как будто после прекрасного сна, он снова окунулся в грубую реальность, и только чувство глубокой любви осталось от этого сна в его пылком сердце.

Режиссер растерянно спустился в холл отеля и направился к выходу. К нему подбежал служащий отеля и протянул ему увесистый конверт со словами: «Вам письмо, господин, желаю вам хорошего дня». Анатолий взял конверт, вышел из отеля, открыл его и увидел пачку сотенных купюр с вложенным листом бумаги – это было письмо от Джорджа:

«Благодарю Вас за то, что Вы не отказали в моей просьбе развлечь мою супругу. Надеюсь, Вы хорошо провели время. Примите мой небольшой подарок и больше не пытайтесь ее увидеть. Прощайте!»

БАНДИТСКИЙ НАЛЕТ

Салон красоты, расположенный в центре города, пользовался большой популярностью и процветал. Его хозяйка Барбара, крепкая, энергичная дама лет сорока пяти, с русой косой, закрученной на затылке, деловито отдавала приказания своим девочкам по обслуживанию клиенток, сама при этом занимаясь маникюром одной из своих постоянных посетительниц.

Успех бизнеса пришел не сам по себе. Барбара и ее муж работали не покладая рук, а после смерти мужа Барбаре пришлось справляться за двоих. Какие там выходные! Воскресенье выходной, да и то одно название – расчеты, перерасчеты, налоговые квитанции и прочие дела, связанные с бизнесом и с домашними хлопотами занимали у нее все свободное время. Она забыла, когда последний раз была в кино или театре, не ходила и не приглашала никого к себе в гости, в общем, никаких удовольствий. Разве что поздними вечерами, поужинав в одиночестве, она садилась удобно на диване перед телевизором посмотреть тот или иной фильм и узнать по последним известиям, что происходит в мире. В юности Барбара занималась спортом, и ни чем-нибудь, а «дзюдо», и даже была чемпионкой города. Теперь же времени и на фитнес не хватало. Она слегка раздобрела, округлилась, однако ловкость, координация и сила не пропали.

По ночам, в первые годы после смерти мужа, он ей часто снился. Но постепенно его черты лица размывались в ее памяти. Оставалась только тоска по мужскому сильному телу, крепким рукам, умеющим ласкать. В последнее время ей все чаще снился мужчина, ласкающий ее, и она просыпалась в пламени неудовлетворенной страсти.

– Да где же я себе мужика-то найду?! На улице к прохожим приставать буду что ли?! – вздыхая, с тоской говорила сама с собой Барбара, мучаясь бессонницей.

Однако ее бессонные ночи не влияли на ее работоспособность и энергию. Сотрудницы и клиентки всегда видели ее бодрой, веселой, шутливой. Многие из них доверяли ей свои сокровенные тайны, спрашивали совета или делились своими неудачами.

– Ой, девочки, а я вчера с таким хорошим парнем познакомилась. Такой интеллигентный, скромный, просто душка, – похвасталась одна из подчиненных Барбары.

— Все они скромные, а в мыслях так и норовят в постель затянуть. Этим мужикам только секс подавай, – откликнулась тридцатилетняя клиентка, наблюдая в зеркало за ловкими руками Барбары, делающей ей прическу. – Мой тоже скромный был, когда с ним встречалась, а потом, после женитьбы... каждый Божий день секс ему подавай. Это же невозможно выдержать! Уж чего я только не придумывала, чтобы избежать этих удовольствий: то мигрень, то месячные, то другие какие-нибудь болячки.

— А если он найдет кого-нибудь на стороне и будет подгуливать? – спросила одна из девочек.

— Не мыло, не смылится. Лишь бы зарплату всю домой приносил.

«Как несправедливо... Ей Бог дал активного, темпераментного мужа, а ей этого, видите ли, не нужно, – подумала Барбара. – Вот бедняга мужчина... Да он бы на мне как сыр в масле катался. У меня он бы был самым счастливым мужчиной, которому все мужики бы завидовали. Да я бы сама с него не слезала. Эх, везет же дурам!» Но вслух она спросила:

— Как вам нравятся прическа и макияж? Будете сегодня самая неотразимая!

— Мы сегодня в гости идем к шефу мужа на вечеринку. Мне абсолютно необходимо быть неотразимой, чтобы другие мужчины позавидовали моему олуху. А когда мы поздно вечером уставшие вернемся домой, ему уже будет точно не до секса.

«Да... вот так и ловятся мужчины на внешнюю привлекательность, а потом и секса не имеют и по бабам ходить нельзя, потому что, как-никак – женат!» – опять подумала Барбара, а вслух проговорила:

— Желаю вам хорошо провести вечер, и всего самого наилучшего.

Последняя посетительница ушла, и девочки вместе с Барбарой начали старательно приводить в порядок свои рабочие места перед уходом домой. Завтра у них выходной.

Но вдруг неожиданно прозвенел входной колокольчик, извещающий о приходе посетителя. Барбара направилась к двери, чтобы сообщить об окончании рабочего дня. В салоне стоял человек в детской медвежьей маске и с пистолетом в руке, направленным на нее.

— Гони выручку, быстро! – закричал он, нетерпеливо переминаясь на ногах.

Неожиданное появление и крик незнакомца в маске испугали Барбару, и она невольно стала отступать вглубь салона. Девочки замерли на своих местах и с испугом наблюдали за происходящим. Отступая, Барбара приходила в себя и уже оценивающе изучала пришельца.

— Всем говорю, быстро отдавайте выручку!

— Че ты кричишь? Вся выручка у меня, в этом фартуке, – не отводя глаз с пришельца, Барбара развязала свой фартук и бросила ему. – Держи!

Незваный гость схватил фартук, и в то же мгновение Барбара бросилась на незнакомца, выкрутила ему руку с пистолетом, уложила на пол и всем своим пышным задом села сверху. Шансов против бывшей дзюдоистки у него не было никаких.

— Девочки, скорее принесите что-нибудь, чтобы бандита связать! Тащите фен с самым длинным проводом! А лучше два!

Девочки засуетились, каждая принесла свой рабочий фен и вместе помогли связать покрепче налетчика.

— Я позвоню в полицию! – проявила инициативу Катя, бросившись к телефону.

— Погоди, погоди! – остановила ее Барбара. – Я все сделаю сама. Вы можете все отправляться домой, а то вас уже дома заждались. О происшествии никому ни слова! До свидания, девочки, приятного отдыха.

Девочки удивились, однако перечить своей шефине не стали и, забрав свои сумочки, спешно покинули салон. Барбара заперла за ними дверь на ключ и вернулась к лежащему на полу лицом вниз бандиту.

Она сняла с него маску. На нее смотрел умоляющими темными глазами мужчина лет сорока, с черной, тронутой легкой сединой, шевелюрой.

— Отпусти... Я к тебе уже больше никогда не приду...

— Чего так? Приходи... Я как раз не против. Я, может, тебя уже давно ждала, а ты вот только сейчас явился.

— Чего ты меня ждала?.. – удивился незнакомец.

— Как чего? Неужели не догадываешься? Ничего, узнаешь... Полежи тут, я скоро приду.

— Умоляю, не вызывай полицию! Сделаю все, что ты хочешь, только не вызывай!

— Ладно-ладно, полежи, мне полиция не нужна. Как видишь, я и без полиции с тобой справилась.

— Что же ты со мной делать будешь? Денег у меня нет, семьи у меня нет, и выкуп никто за меня не заплатит, – говорил ей вдогонку бандит.

Барбара ему не ответила. Она вышла из салона, закрыла дверь на ключ и огляделась по сторонам. Несмотря на позднее время, на улице было многолюдно, ведь день был не простой, а субботний. Все кафе и ресторанчики были переполнены посетителями, откуда-то доносилась дискотечная музыка, все светилось в иллюминации, машины сновали взад и вперед по дорогам. Она открыла дверь гаража, вывела свой «БМВ» и вернулась опять в салон к незнакомцу. Подняв пистолет с пола, Барбара распорядилась:

— Сейчас я развяжу тебе ноги и помогу встать, но не вздумай бежать или кричать. Пристрелю, как собаку, и скажу, что защищалась. Мне ничего не будет, а ты будешь трупом, понял?

— Понял... А куда вы меня?

— Посмотришь, – ответила Барбара, развязывая провод фена на ногах. – Теперь вставай и иди к двери.

Она помогла налетчику подняться, взяла свою сумочку на плечо, прикрыла пистолет платком и уперла дуло в спину пришельца, подталкивая его вперед к выходу. Выйдя наружу и не спуская глаз с незнакомца, Барбара закрыла дверь салона, натянула жалюзи, проводила бандита к своей машине, распахнула заднюю дверцу и приказала:

– Залезай.

Налетчик послушно влез в машину и умостился на сиденье. Барбара села за руль, завела мотор, нажала на педаль и машина тронулась с места.

Они подъехали к жилому массиву многоэтажных домов, сияющему огнями бесчисленных окон, и въехали в подземный гараж.

«Только бы из ближайших соседей никого не встретить», – подумала Барбара. В этот поздний час все находились в своих квартирах, уютно пристроившись у телевизоров или у компьютеров, и поэтому опасения Барбары были напрасны. Она благополучно привела своего пленника в свою квартиру, завела в спальню, достала из спального ящика так давно не использованные наручники и приковала его к кровати за все конечности.

– Помилуйте! Что же вы это собираетесь со мной делать? Вы не садистка? Вы что, мужчин ненавидите? – в отчаянии пытался выяснить свое положение пленник.

— Ну что ты, я мужчин люблю. Да вот только времени на них нет. Как тебя зовут, голубчик? – ответила Барбара, подстилая под него огромную клеенку, предназначенную для стола.

— Петр.

— Женат?

— Жена ушла... Работы нет, денег нет...

Барбара принесла тазик с теплой водой, шампунь, мочалку, спустила с Петра штаны и трусы, и стала нежно обмывать его внизу.

Петр было хотел что-то сказать, но при прикосновении рук Барбары все слова застряли у него в широко открытом рту. Его глаза закатились под лоб, и какое-то животное мычание вырвалось из его горла. Мужское достоинство – источник вечной жизни на земле, твердо встал перпендикулярно телу, напрягся до боли, готовый к дальнейшему свершению своей исключительной миссии.

Раскрасневшаяся от возбуждения, Барбара спешно сдернула с себя трусики, влезла на кровать и, широко расставив ноги, как большие ворота, медленно стала садиться на Петра, пока ее интимное место полностью не заглотило ее объект наслаждения, как спрут свою жертву. Ее эротичная, круглая, тяжелая попа с силой придавила к постели тело Петра, исключая его сопротивление. Она то опускалась, то поднималась, ускоряя или замедляя движения.

Барбара, не останавливаясь, сбросила с себя платье и всем своим теплым, белым, пышным телом навалилась на Петра. Большая грудь наездницы, с торчащими вперед сосками, охватила с двух сторон его лицо, не давая ему повернуть голову ни вправо, ни влево. Он едва дышал, но готов был умереть, только бы продлить это неожиданное счастье. Ему хотелось поласкать и пососать эти соски, обнять это пышное тело, но эти проклятые наручники не позволяли это сделать.

— Сними наручники... – хрипло попросил он.

Барбара была в таком экстазе, что ничего не слышала. Ее дикие от страсти глаза смотрели как будто сквозь него. И вот он – этот миг счастья, этот высший пункт удовлетворения, это мгновение самого большого удовольствия – момент оргазма... Крик наслаждения заполнил комнату, их тела задрожали, словно в агонии на смертном одре, и наконец, оба обессиленно замерли...

БАНДИТСКИЙ НАЛЕТ

...Петр сидел за столом в купальном халате покойного мужа Барбары и за все щеки уплетал приготовленный ею ужин. Она сидела напротив него в таком же халате, поставив локти на стол, поддерживая кулаками подбородок, и с удовольствием смотрела, как он быстро работает столовыми приборами. «Вот оно счастье – видеть, как здоровый мужик с аппетитом ест приготовленную тобой еду. Эх, жалко, что он не мой...» – подумала Барбара. Она выпила с ним вина за все хорошее и сказала:

— Ну вот, подкрепился, а теперь в дорогу.

— Она встала из-за стола, пошла в спальню, открыла шкаф, достала красивый выходной костюм мужа и принесла его Петру.

— Вот, одевай. Если хочешь иметь хорошую работу, ты должен хорошо выглядеть.

— Куда я на ночь пойду-то?.. – растерялся Петя.

— К жене, куда же еще?

— Так она от меня ушла.

— Ничего, вернется, когда работу найдешь и деньги будут. Вот, кстати, на тебе тысячу евро. Не зря же страха такого натерпелся – компенсация, так сказать. Ну а если посетить меня захочешь, то знаешь, где найти, и приходи без маски и пистолета. А пистолет твой я себе на память оставлю, чтоб у тебя соблазна не было, заниматься не тем, чем нужно. Ищи работу!

Она вытолкнула растерянного Петра на лестничную клетку и заперла за ним дверь.

Прошло несколько месяцев. Однажды вечером в субботний день, когда салон красоты покинула последняя посетительница, вошел мужчина лет сорока с темной шевелюрой, в элегантном костюме, с большим букетом алых роз в руках. Удивленные коллеги с интересом наблюдали за пришедшим, который, не обращая на них внимание, направился к Барбаре и протянул ей цветы:

– Это вам. И еще долг – тысячу евро с процентами, которые я взял у вас взаймы, – мужчина достал конверт и протянул Барбаре. – Могу я вас пригласить в ресторан поужинать и поговорить?..

При виде Петра сердце Барбары заколотилось, как пойманная птичка в клетке. Все эти месяцы она корила себя за то, что выставила его за дверь и не оставила у себя. Ей вспоминались все подробности того дня, его спортивное тело, его запах. Она ждала его каждый день. И вот он, все-таки, вернулся.

Еле сдерживая радость, готовую вырваться наружу с криком «Дорогой, как я тебя ждала!», она спокойно и сдержанно смотрела на него, и только алый румянец выдавал ее волнение. Барбара поставила розы в вазу, спрятала конверт с деньгами в сумочку, с гордостью подмигнула девочкам и, повернувшись к нему, сдержанно проговорила:

– Почему бы не поужинать и не поговорить? Идемте.

Распрощавшись, девочки-работницы покинули салон красоты и Барбара, закрыв его надежно и взяв Петра под руку, отправилась со своим «налетчиком» в ближайший ресторан.

Они сидели за столиком в ресторане напротив друг друга. Петр погладил ее руки, взял их в свои и произнес:

– Я не смог вернуться к жене, потому что больше не люблю ее. Детей у нас нет и нас с ней ничего не связывает. Ты завоевала всю мою душу и мои мысли. Все это время я думал только о тебе. Ни на одну женщину не могу смотреть, передо мной стоишь только ты. Я не могу забыть твое тело, твои руки, твое лицо. Ты для меня все: и мое везение, и мое счастье. Благодаря тебе я работаю, зарабатывая деньги без того, чтобы грабить. Благодаря тебе у меня появился смысл жизни. Благодаря тебе я теперь знаю, что такое любовь. Я люблю тебя. Будь моей женой!

Душа Барбары ликовала, но разум взрослой деловой женщины призывал не взлетать высоко в небо.

– Ты ведь меня совсем не знаешь. И я тебя совсем не знаю. Ты даже не знаешь, как зовут меня.

– Барбара. Самое красивое имя на свете. И у меня такое чувство, как будто я тебя знаю всю мою жизнь, – не смутился Петр. – Дай мне шанс, быть с тобой. Ты узнаешь, что я не такой плохой, как тебе показался с первого раза. У меня-то и пистолет не заряжен был.

– Не заряжен? – удивилась Барбара. – А почему ты тогда как овца послушно поплелся в машину под дулом пистолета?

– Потому что ты уже и тогда мне понравилась своей смелостью, ловкостью, своим крепким телом. Мне было интересно узнать, что ты собираешься со мной делать.

– И тебе понравилось, что я с тобой сделала?

– Очень! Я был от тебя просто без ума.

— Тогда повторим? – лукаво спросила Барбара, прищурив глаза.

— Да, только в этот раз, ты меня не приковывай, и я буду сверху, согласна?

— Посмотрим, – так же лукаво и игриво ответила Барбара.

ДЕНЬ ДЛЯ МУЖА

Вандочка, дамочка лет тридцати, с крашенной белокурой головкой, сидела перед столиком с трюмо и, наводя утренний «марафет», беседовала с мужем, который приводил в порядок их общую постель.

— Дорогой, ты любишь меня?

— Конечно, Вандочка, разве ты в этом сомневаешься?

— Очень-очень любишь?

— Ну конечно, очень-очень! – он подошел к ней и поцеловал в щечку.

— Так сильно, дорогой, что можешь сегодня постирать все грязное белье, которого уже накопилось в корзине сполна?

– Для тебя – все что угодно, дорогая!

– Ах, как я тебя люблю! Ты у меня единственный и неповторимый! Я, дорогой, еще приготовила списочек, что надо в магазине купить из продуктов. Запустишь стирку в машинке и сходи, пожалуйста, в магазин. Ты знаешь, если я пойду в магазин, то у тебя в кошельке не останется ничего. Ах, как я тебя люблю! Между прочим, больше, чем ты меня!

– Нет, я тебя люблю еще больше! – муж обнял жену и поцеловал ее.

– Когда придешь из магазина и немножко уберешь в квартире, то приготовь себе что-нибудь покушать... Сегодня у нас что? Понедельник... Я сегодня в четыре встречаюсь с Ингой. Сходим с ней в кафе поболтаем, между прочим, о вас – мужчинах! Ах, ей так не повезло, как мне! Таких мужей, как ты, на свете нет! Завтра вторник, у меня репетиция в самодеятельном драматическом кружке и я буду играть Попову в пьесе Чехова «Медведь». Ты потом придешь на нашу премьеру с большим букетом роз... За мой успех ты будешь любить меня еще больше...

– Я тебя люблю и без всяких успехов! В среду давай сходим в ресторанчик?

– В среду... Не могу! У меня хор и я буду солисткой. У меня оказался хороший голос.

— У тебя все прекрасно, дорогая! Пойдем в четверг в театр?..

— В четверг... Ах, в четверг, чуть не забыла! Мы встречаемся с моим драмкружком в кегельбане...

— Я пойду с тобой, дорогая!

— Нет, дорогой, тебе будет там о-о-чень скучно...

— Хорошо, тогда в пятницу пойдем куда-нибудь.

— Ты забыл? В пятницу к нам в гости приходят Гусины?

— Ладно, я согласен на субботу!

— Для тебя все что угодно, дорогой, но в субботу я не могу... В субботу будет показ мод, и я очень хочу посмотреть новое. Я же хочу тебе нравиться! Хочу, чтобы ты от меня не отводил глаз! Поэтому я должна быть модно одета... Я тебя очень люблю!

— Но когда же мы будем, в конце концов, вместе?!

— Дорогой, мы же всегда вместе! И, к тому же, воскресенье будет только для тебя! И более того! Я приготовила для тебя сюрприз, о котором ты все время мечтал! Я тебя так люблю, дорогой! – она обняла мужа и поцеловала.

Неделя пробежала быстро. Наступило воскресенье. Вандочка встала раньше мужа, приготовила завтрак, достала «сюрприз», одела его на себя и накинула сверху халатик. На передвижной столик она поставила приготовленный завтрак, украсила стол цветами, салфетками, и повезла в спальню. Муж открыл глаза и увидел стоящую перед ним, улыбающуюся жену.

– Дорогой, ты проснулся? Ах, как я тебя люблю! Это для тебя! А пока ты будешь завтракать, я покажу тебе один из моих сюрпризов...

Она достала из шкафа обувную коробку, изящным движением открыла крышку и так же изящно, как фокусник, поводила ею перед глазами мужа. В ней лежали прекрасные женские туфельки красного цвета на высоких каблучках. Вандочка грациозно села на кровать и надела туфельки. Затем она так же грациозно встала и стала ходить в них по комнате, танцуя и вертясь перед мужем. Муж, забыв о завтраке, восхищенно взирал на жену и млел от счастья... Вандочка между тем включила музыку и стала не спеша расстегивать пуговицы халатика, затем грациозно сняла один рукав и показала изящную белую ручку, затем второй рукав...

Потом внезапно сбросила весь халатик, и муж увидел еще один ослепительный «сюрприз» – красный корсет с резинками к ажурным чулочкам. Жена стала танцуя кружиться перед мужем, медленно приближаясь к постели...

– Ах! Боже, Вандочка, ты сводишь меня с ума! Как я тебя люблю! Ты у меня единственная! Иди скорее сюда ко мне!..

– Так ты же мечтал сегодня в парк сходить, дорогой? – кокетливо напомнила она, не спеша приближаясь... – Ты хотел пойти со мной в музей, в театр, на выставку, в ресторан?.. А что же ты сейчас от меня хочешь, дорогой? Сегодня я вся только для тебя!..

– Он обнял ее за талию и потянул к себе в постель...

– Сегодня мы уже никуда не пойдем, любовь моя, я хочу только тебя и хочу умереть в твоих объятиях!..

ПСИХОТЕРАПЕВТ

Доктор-психотерапевт Дорис Казинская всегда была пунктуальна, очень обязательна, этого же требовала и от своих подчиненных. Однако в этот раз ей пришлось нарушить одно из своих правил «не опаздывать» из-за одного ненормального, которому жить надоело.

Ее авто остановилось, как положено, на красный свет и в этот момент сзади какая-то машина с силой врезалась в ее «БМВ», разбив ей багажник и тормозные сигнальные лампочки. К тому же Дорис сильно ударилась грудью о руль. Мало того, водитель выскочил из машины и вместо извинения буквально стал унизительно поливать ее словесной грязью – ее, доктора психотерапии!

Она, конечно, дала ему достойный отпор, он не знал, с кем связался, ему пришлось ретироваться, как побитой собаке. Естественно, пришлось вызвать полицию и он полностью оплатит ремонт, но от этого ей было не легче. Теперь ей срочно надо было ехать в ремонтную мастерскую, оставить там свою лапушку «БМВ», а затем на работу добираться метро.

День начался не очень хорошо... А ведь, сегодня день рождения ее любимой подруги.

К приходу Дорис в приемной частной практики уже сидело несколько человек в ожидании врача. Она прошла в свой кабинет, переоделась, села за стол и нажала кнопку. В комнату вошла миловидная медсестра лет двадцати пяти в белом халате и положила на стол доктора врачебные карточки пациентов. Один за другим заходили в кабинет люди со своими проблемами, страхами, заботами, которые она терпеливо выслушивала, помогала с ними справиться или прописывала медикаменты. Последний пациент покинул кабинет, и Дорис собиралась уходить, как в этот момент зашла медсестра:

– Тут один псих без звонка и без назначенного времени явился и рвется к вам. Я ему предлагала назначить время и прийти на прием завтра, но он требует, чтобы вы приняли его прямо сейчас.

– Мне на психов везет сегодня, из-за одного такого я опоздала на работу. Давай, зови, будем лечить... – разрешила пригласить пациента доктор Казинская и поудобнее уселась в кресле.

И тут в кабинет вошел... ее утренний знакомый псих... Они некоторое время молча смотрели обескураженно друг на друга, затем она взглянула на карточку пациента и спросила:

— Вы господин Крамар?

— Да... Но я, наверное, пойду...

— Ни в коем случае! Личные отношения я с работой не связываю. Так что садитесь, пожалуйста, в это кресло и расскажите о своей проблеме. Уверяю вас, я вам обязательно помогу.

Крамар нерешительно подошел к креслу и сел.

— Итак, господин Крамар, рассказывайте, что у вас случилось.

— Понимаете... Я потерял работу... было сокращение и меня сократили, потому что у меня нет семьи... Да, семьи нет. Но я хороший работник, мной всегда были довольны, я был дисциплинированным, обязательным. Мне была нужна эта работа, я ее любил... – начал Крамар рассказывать свою историю все больше приходя в возбуждение. – Потом... меня бросила моя девушка, с которой я уже был три года вместе... У нас с ней не было никогда никаких ссор и вдруг... она ушла, оставив только прощальное письмо... Она встретила другого и очень его полюбила...

Я ехал к реке, чтобы вместе с машиной броситься туда и утопиться... но тут оказались на дороге вы... Извините, я накричал на вас, хотя сам виноват... После разборок с вами и с полицией, по пути меня вновь остановил полицейский за превышение скорости, опять выписал штраф и потребовал в обязательном порядке посетить психотерапевта... Вот я к вам и пришел...

Доктор Казинская слушала его внимательно, делая в карточке свои пометки, потом встала из-за стола, подошла к креслу, в котором сидел Крамар, положила руку ему на плечо и доверительно проговорила:

– Правильно сделали. Вы знаете, сколько таких людей, как вы, остались без работы, сколько брошенных мужчин и женщин в нашем мире?! А сколько покончили с собой?! Самое большое мужество – жить на земле, несмотря на все невзгоды, неприятности, несчастья, катастрофы и прочие напасти. Нужно жить! У каждого человека в жизни обязательно было какое-то невыносимое время, когда ему не хотелось жить или он жалел, что появился на этот свет только для страданий. Но потом, так или иначе, все потихоньку образовывалось и попадало в нормальную, стабильную и счастливую колею жизни. Мы сами строим свой мир и, конечно, для этого нужно трудиться, а главное, знать чего мы хотим. Вы знаете, чего вы хотите, господин Крамар?

– Хочу вернуть свою девушку, которая ушла к другому... Хочу вернуться на свою работу, в свой коллектив...

– Господин Крамар, вы когда-нибудь видели, чтобы часовые стрелки отсчитывали время в обратную сторону? – спросила доктор Казинская и сочувственно улыбнулась.

– А при чем здесь это?

– Этот как раз один из примеров к вашему желанию повернуть время вспять... Вам судьбой предоставилась возможность познать что-то новое, познакомиться с новыми людьми, встретить что-то новое в этом мире – воспользуйтесь! Вы хотите работать? Ищите новое место, не опускайте руки! Вас бросила девушка? Да, я верю, вы ее очень любили... Если вы любите ее по-настоящему, пожелайте ей счастья и отпустите душой... Займитесь пока поисками работы. А там, как знать, может быть, стрелки часов начнут для вас отсчитывать время в обратную сторону и ваша любовь к вам вернется, а может быть, появится новая ...

– Нет, я ее никогда не забуду, я буду бороться за ее любовь, – чуть не плача, ответил

Крамар.

— Дорогой господин Крамар, насильно мил не будешь... В чем-то вы не подошли друг другу, и ваша девушка поняла это первая. Вполне возможно, что вы бы поняли это, скажем, годом позже... Вам обидно, что именно она вас бросила. Не отчаивайтесь, проявите больше мужества и терпения в построении вашей судьбы. Поставьте себе цель и трудитесь в этом направлении. Начните жить будущим, а не прошлым. Представьте, что вы только сегодня появились на этой земле откуда-то, может с другой планеты, и вам нужно на ней освоиться, приспособиться, адаптироваться и бороться за свое место под солнцем. Начинать все сначала довольно трудно, но и интересно. В отличие от марсианина вы уже что-то знаете в этом мире и не начинаете с нуля, к примеру. Не так ли? Я вас убедила, господин Крамар, хоть немного?

— Пожалуй, да, доктор Казинская. Ваши убеждения очень доходчивы, логичны и конкретны. Вы меня извините за сегодняшний инцидент и мое малодушие. Ваша поддержка была для меня как раз кстати. Я благодарен вам. Если вы не против, я посещу вас еще раз.

— Я всегда к вашим услугам, господин Крамар, буду рада вас увидеть уже совершенно в другом, позитивном состоянии. До следующей встречи.

Господин Крамар вышел из кабинета доктора Казинской уже более спокойным, уравновешенным и уверенным в себе человеком. Он мило распрощался с помощницей и покинул практику.

Время работы закончилось, и доктор Казинская, попрощавшись со своими сотрудницами, отправилась сначала в ювелирный магазин. Там она долго рассматривала драгоценные украшения, выбрала золотые сережки с изумрудами, купила их и затем зашла в цветочный магазин. Попросив составить букет из великолепных красных роз, она заплатила и поехала на автобусе домой.

В квартире аппетитно пахло приготовленным ужином, стол был украшен свечами, на столе стояли приборы к ужину.

Из кухни вышла, улыбаясь, красивая блондинка, протянула руки для объятия и радостно проговорила:

— Наконец-то ты пришла, дорогая, я заждалась тебя.

Дорис протянула ей букет роз.

— Какие чудесные розы, просто восхитительные,– полюбовалась девушка, принесла из кухни вазу и поставила в нее цветы.

Две женщины обнялись и страстно поцеловались.

– Дорогая, поздравляю тебя с днем рождения, и хочу, чтобы ты знала: я безмерно тебя люблю и желаю всегда, всю свою жизнь, быть только с тобой, – доктор Казинская протянула блондинке небольшой сверток, завернутый в красивую оберточную бумагу. Блондинка сняла обертку, под ней оказалась ювелирная коробочка, она открыла ее и воскликнула:

– Какая прелесть! Это те сережки, которые мы с тобой видели на витрине и они мне очень понравились! Спасибо, дорогая Дорис, – она прильнула к Дорис в страстном поцелуе, затем подбежала к зеркалу и вдела в свои милые ушки золотые серьги. – Я сегодня раньше ушла с работы и приготовила ужин.

– А я хотела тебя пригласить в ресторан, чтобы ты в свой день рождения не утруждала себя приготовлениями, моя любимая. Но конечно, я очень рада побыть с тобой дома наедине. Тебе очень идут эти сережки. Иди ко мне, дорогая Мара, я так тебя люблю, – восторженно проговорила Дорис, обняла Мару и поцеловала.

– Давай поужинаем сначала, – сказала Мара, мягко освобождаясь из объятий Дорис.

За ужином они говорили о предстоящем совместном отпуске, обсуждали планы на будущее и к концу ужина коснулись темы прошедшего рабочего дня.

Дорис допила свой фужер, поставила его на стол и, откинувшись к спинке стула, с улыбкой стала рассказывать случившееся с ней происшествие:

– Сегодня я чуть не попала в аварию из-за одного психа, и что ты думаешь?! Именно он же явился ко мне под вечер на прием, и мне пришлось с ним работать. Конечно, его можно было бы пожалеть, но это не в моих правилах, жалеть мужчин. По-моему, после моей терапии кончать жизнь самоубийством он передумал.

Мара, не так из любопытства, как скорее, чтобы поддержать разговор, спросила:

– Что же с этим беднягой случилось, и почему ему захотелось распрощаться с жизнью?

– Да все та же обычная история – потеря работы, а главное – потеря любви... от него ушла его девушка, – Дорис встала со стула, подо шла к Маре, поцеловала ее в щеку. – Дорогая, ужин был превосходный. Как ты все быстро успела приготовить? Я уберу со стола и помою посуду, а ты иди, отдохни.

– Нет, дорогая, я тебе помогу, вдвоем будет быстрее, – Мара встала из-за стола и они вместе стали убирать на кухне.

Вскоре они лежали вдвоем обнаженные в постели, их изящные тела слились в прекрасное видение для художника. Они ласкали друг друга так, как умеют ласкать только женщины. Нежные стоны Мары сливались с резкими выдохами Дорис и наполняли спальню ожиданием неземного наслаждения. Напряжение нарастало... Потом их тела затрепетали друг на друге и замерли в изнеможении.

Дорис нежно провела ладонью по волнистым волосам Мары:

– Самый большой подарок для меня в жизни – это ты, Мара, – проговорила она, – я буду любить тебя до самой моей смерти...

– Я тоже тебя люблю, моя милая Дорис, – прошептала в ответ Мара и прильнула к ее обнаженной груди...

Через две недели в практике снова появился господин Крамар с огромным букетом цветов и двумя коробками фирменных конфет. Одну из них он подарил помощнице, а другую, вместе с букетом цветов, попросил передать доктору

Казинской. Помощница поставила цветы в вазу, поправила вложенную в них открытку и отнесла вазу и конфеты в кабинет доктора Казинской.

– Доктор Казинская, это от того психа, господина Крамара. Судя по всему, вы хорошо с ним поработали, он выглядит просто счастливым.

Доктор Казинская вытянула из цветов открытку и стала читать вслух:

«Благодарю Вас, доктор Казинская, за поддержку, оказанную мне в тяжелый для меня час. Вы были правы, и уже одно мое желание исполнено – я нашел великолепную работу с хорошей оплатой, новыми друзьями и коллегами. Благодарю Вас!»

Дорис полюбовалась некоторое время букетом цветов и с улыбкой произнесла:

– Да... букет великолепен. Я рада, что у него все хорошо. Попросите войти следующего пациента, пожалуйста.

В кабинет вошел следующий пациент, и доктор Казинская полностью переключила свое внимание на него.

Приближалось время отпуска, и Дорис не могла дождаться, когда они с Марой отправятся вместе к морю понежиться на солнышке, поплавать в голубой воде, побегать по теплому песку...

За неделю до отпуска, как раз перед закрытием практики, явился опять Крамар с цветами и тортом в радостном настроении:

– Я еще раз пришел к вам с благодарностью за вашу работу. Я бесконечно счастлив! Вы были во всем правы! Вы не представляете, какую прекрасную женщину я встретил! Мы любим друг друга и хотим пожениться. Вы обязательно должны познакомиться с ней когда-нибудь. Я желаю вам и вашему коллективу такого же счастья и удачи.

Дорис было приятно и от его подарков, и от подтверждения ее правильного подхода к проблемам пациента. Ей часто случалось слышать такие похвалы, но глядя на счастливого Крамара, выходящего из кабинета, она невольно подумала о своей подруге. В последнее время Мара очень часто задерживалась на работе, была чем-то встревожена и нервозна, и все попытки привести ее к откровению оканчивались банальными отговорками: «устала на работе», «неважно себя чувствую», «плохое настроение» и прочее...

«Нам надо отдохнуть, еще одна неделя работы и мы уедем... – по дороге домой с цветами и тортом, подаренными Крамаром, Дорис все время думала о Маре: – Почему она стала такой замкнутой, такой отдаленной? Нет, я не буду на нее сейчас давить, она отдохнет и все мне расскажет сама...»

Буквально за два дня до отъезда Мара отказалась ехать с Дорис на море под предлогом ее неотъемлемости на работе.

– Как же так, Мара? У нас ведь билеты на самолет, и никакой начальник, и никакая работа не могут нам помешать поехать в отпуск! Это наше законное время! Я сейчас же позвоню твоему начальнику! Он не имеет права лишать тебя законного отдыха! Мы на него подадим в суд!

– Успокойся, Дорис... У нас завал на работе... Я сама согласилась, предложила остаться поработать... Извини, дорогая, поезжай одна и отдохни за нас двоих... Хорошо, Дорис?

– Как ты могла, Мара? Ты же знаешь, как я ждала этих дней, чтобы провести их вместе с тобой? Что мне делать без тебя на море?.. Я не смогу отдохнуть без тебя... Я выброшу эти путевки и останусь с тобой... Поедем в следующий раз...

– Нет, Дорис, я не хочу, чтобы ты жертвовала ради меня своим отпуском... Пожалуйста, езжай одна... Ничего не случится со мной, и мы обязательно поедем в следующий раз... Ты должна отдохнуть... и потом... я хочу немного побыть одна...

– Почему, Мара? Почему ты хочешь побыть одна? Скажи мне, не пугай меня, скажи! Ты обижена на меня? Ты чувствуешь себя плохо со мной?

– Нет, Дорис, ты самый лучший человек на земле, самый порядочный, самый преданный. Но я должна побыть одна, пойми меня, пожалуйста...

И Дорис отправилась в аэропорт одна, с тяжелым сердцем, в котором собрались полное смятение, разочарование, сомнения и обида... Обида на себя, что не смогла узнать истинную причину отдаления Мары... Какая могла быть причина того, что Маре впервые нужно время побыть одной без нее?.. Почему?.. Что ее угнетает? Что случилось в их отношениях?..

В аэропорту Дорис стояла в очереди для сдачи багажа, полностью углубленная в свои мысли, и когда подошел ее черед, она решительно развернулась, направилась к выходу, покинула аэропорт, взяла такси и отправилась обратно домой.

Войдя в квартиру и оставив чемодан и спортивную сумку в коридоре, она прошла в комнату. За столом сидела Мара и что-то писала на листе чистой бумаги. Услышав шаги, она подняла голову, и, увидев Дорис, растерянно, с высоко поднятыми от удивления бровями, проговорила:

– Ты вернулась, Дорис?.. Но почему?..

Дорис подошла к ней, обняла ее за плечи:

– Я не хочу без тебя куда-либо лететь, моя душа всегда остается с тобой, а без души я не могу никуда отлучиться... Я люблю тебя, Мара, не могу без тебя жить, и лучше мне остаться дома вместе с тобой.

Мара нервно заерзала на стуле, затем встала, отошла от Дорис к окну и, не поворачиваясь, тихо произнесла:

– Я хотела с тобой поговорить перед твоим отъездом, но не смогла, и поэтому решила написать тебе письмо... Ты должна меня понять... Я люблю тебя... но и люблю другого человека... Он сейчас придет за мной, и мы уйдем, Дорис... Я хочу быть с ним, хочу семью и детей... Пойми меня, пожалуйста, Дорис... – Мара повернулась к подруге лицом с полными глазами слез, стремительно бросилась к ней, обняла ее и зарыдала у нее на груди.

Дорис некоторое время стояла, окаменев, как статуя, но пока Мара рыдала, она очнулась и нежно погладила свою подругу по голове, как маленького ребенка. Предательские слезы невольно покатились из ее глаз. Так женщины и стояли в объятьях.

Они не сразу отреагировали на раздавшийся пронзительный и назойливый звонок в дверь. Кто-то терпеливо и настойчиво не переставал звонить, пока Мара не отстранилась от Дорис, спешно вытерла слезы ладонями рук и побежала открывать дверь. А Дорис осталась стоять на своем месте в полном смятении и отчаянии.

И тут в комнату вошли Мара и... к глубочайшему потрясению Дорис... господин Крамар. Мара нерешительно представила своего суженого:

– Познакомься, Дорис, это Александр, мой жених...

При виде Дорис Александр искренне удивился, но тут же его лицо радостно засияло:

– Рад вас видеть, доктор Казинская. Совсем не ожидал вас здесь встретить. Вот это сюрприз! Мара, почему ты мне не сказала, что живешь вместе с доктором Казинской? Я же тебе про нее рассказывал. Я бы прихватил бутылочку вина, и мы бы вместе посидели. Может быть, сходим вместе в ресторан? Какая удача! Вы подарили мне счастье, доктор Казинская! Именно благодаря вам у меня теперь все хорошо в жизни, – продолжал Крамар, обнимая Мару.

Дорис не отрывала взгляд от Мары, застыв у стола в одной позе, как окаменевшая, и не отвечала на восторженное приветствие Крамара, как будто не заметив его прихода и не услышав, что он говорил.

Мара нетерпеливо дернула жениха за рукав, прерывая дальнейшие словесные излияния, и показала в сторону спальной комнаты:

– Бери чемоданы, Александр, и спускайся к машине, Дорис некогда с нами болтать, у нее очень много дел.

Крамар извинился, попрощался, подхватил чемоданы и вышел из квартиры. Мара подошла к Дорис, обняла ее, поцеловала в щеку и прошептала:

– Прощай, Дорис, извини, что так получилось...

Она ушла... Дорис проводила ее глазами, и когда дверь захлопнулась, бросилась на кровать лицом в подушку и безутешно разрыдалась...

В ГОСТЯХ У БРАТА

Миловидная, темноволосая, стройная женщина лет двадцати пяти критически разглядывала себя в большом зеркале и, убедившись, что на ней все сидит идеально, добавила последний штрих – достала помаду, слегка подкрасила губы и, еще раз осмотрев себя со всех сторон, громко позвала:

– Филипп, ты уже готов?! Нам пора уходить.

Спортивного вида, подтянутый мужчина тридцати лет, с легкой улыбкой на лице, появился в проеме двери спальни. На нем был бежевый летний костюм и такие же бежевые туфли.

– Ты так прекрасно выглядишь, Лиза, что я не могу удержаться... У нас еще есть время, пойдем в кровать...– он обхватил ее за талию и легонько повел к широкой кровати.

– Перестань! – освобождаясь из его объятий, строго приказала Лиза, – Мы уже должны уходить, платье помнется, прическа развалится... Ты можешь подождать до вечера?

– Такая красивая и такая недоступная...

Опять подождать... Позавчера у тебя болела спина, вчера – голова, а сегодня ты еще что-нибудь придумаешь, – выпустив жену из объятий, с упреком выговорил Филипп.

Лиза обняла Филиппа и мягко произнесла:

– Сегодня мы обязательно будем вместе, потерпи до вечера.

Филипп глубоко вздохнул:

– Я, признаться, ни в какие гости не ходил бы, остался бы дома и мы вдвоем прекрасно провели бы время в постели, но, если ты решила иначе – поедем...

– Сегодня у твоего брата день рождения. Кстати, ты подарок взял? – после того, как муж кивнул головой в знак подтверждения, жена продолжила. – Мы у них единственные родственники, наше отсутствие будет рассчитано как полное неуважение к ним.

Филипп пожал плечами, мол, нужно – так нужно, и они спустились к своему авто. Супруги ехали по шоссе, Филипп вел машину и искоса поглядывал на голые колени жены, выглядывающие из-под короткой юбки. Глядя вперед на дорогу, он правой рукой погладил коленки Лизы и попытался залезть выше под юбку. Лиза шлепнула его по руке, и он положил ее опять на руль.

— Я не могу смотреть спокойно на твои голые коленки. Ты меня заводишь, дразнишь, а потом не даешь себя даже потрогать – это не честно.

— У тебя только одно на уме. Неужели все мужчины такие? – удивленно проговорила Лиза.

Дом брата находился в очень живописном зеленом городишке. С фасадной стороны он был заботливо украшен небольшим палисадником из цветущих маргариток и низким, красивым, резным ограждением; с тыльной стороны находился прекрасный сад роз.

Дверь открыла жена брата, Марта, на два года старше Лизы, с вьющимися блондинистыми волосами в изящном зеленом платье, и радостно протянула руки для объятий:

— Здравствуйте, мои дорогие, как я рада вас видеть, проходите в дом. Сзади нее стоял Андре, брат Филиппа, немного старше его, с небольшим пивным брюшком, и радостно улыбался.

— Проходите прямо во двор к столу, – после короткого приветствия пригласил брат.

— Держи, Андре, – передал Филипп подарочную коробку с вином брату, – Думаю, тебе очень понравится. Поздравляем и будь здоров! – и повернувшись к жене брата, весело сказал, – Ты сегодня прекрасно выглядишь, Марта, Андре тебе еще сегодня об этом не говорил?

– Благодарю, Филипп. От моего мужа комплиментов не дождешься, у него на первом месте его авто, на втором его розы во дворе, а потом уже я. Пойдемте, посмотрите, какие он розы вырастил, – с гордостью сказала Марта и пошла впереди гостей во двор.

Розы, действительно, были великолепны. Большие темно-красные бутоны красовались на кустах, заполняя душистым ароматом весь двор. На веранде стоял уже накрытый стол, хозяева и гости заняли свои места и отдали дань блюдам, с любовью приготовленным Мартой. После еды и хорошего крепкого вина мужчины пошли смотреть футбол, а женщины остались в саду немного посплетничать, конечно же, о своих мужьях.

– Ты знаешь, Марта, Филипп почти каждый день хочет секса. Я уж что только не придумываю: голова болит, спина, устала... Он никак не может понять, что у меня нет желания так часто иметь близость с ним.

– Интересно... Два брата и такие разные... – ответила задумчиво Марта, – Моему Андре достаточно раз в две недели или даже раз в месяц... Конечно, он устает на работе, в саду, со своей машиной возится... Но скажу тебе честно, мне этого недостаточно. Я, между нами, с удовольствием была бы на твоем месте...

– Вот и сегодня, пока мы к вам доехали, он несколько раз пытался меня всюду общупать... Еле уговорила его подождать до вечера и обещала с ним быть обязательно сегодня, – недовольно жаловалась Лиза.

– Ты счастливая, Лиза, тебе сегодня повезет больше, чем мне. Мой Андре хорошо поел, выпил, посмотрит футбол... и благополучно равнодушно уснет...

Между тем мужчины смотрели свой футбол с бутылками пива в руках. Победа их команды была явная, и в полном шумном восторге они чокались и пили пиво прямо из горлышка, пока их не видели жены. Женщины до вечера сидели в саду, вдыхали аромат роз, слушали щебетание птиц и беседовали о житье-бытье.

– Что же я сижу?! – воскликнула хозяйка дома. – Уже поздно, а я еще и посуду не убрала со стола.

– Ничего страшного. Мы не так уж часто встречаемся, чтобы обо всем переговорить, – успокоила ее Лиза. – С посудой я помогу тебе.

Женщины встали из-за стола, убрали вместе посуду и Марта поставила все в мойку.

– Спасибо, Лиза, за помощь. Это должен

был сделать Андре, но ты ведь знаешь мужчин, для них футбол – это все! Не будем им мешать, пусть наслаждаются своим футболом, а мы, если ты не против, пойдем спать. Я вам постелила в нашей бывшей спальне. Теперь это комната для гостей. Время от времени мой муженек машинально идет в ту спальню. Если он вдруг приползет к вам, отправь его обратно в нашу с ним комнату.

– Не беспокойся, Марта, я его быстро выпровожу, – с улыбкой ответила Лиза.

Женщины не стали мешать мужчинам, пожелали друг другу спокойной ночи и разошлись по своим комнатам. Уже достаточно опьяневшие мужчины посидели еще некоторое время, осоловело уставясь в телевизор, пока Андре громко не всхрапнул. Филипп потряс его слегка за плечо и сказал:

– Наши жены уже давно спят, пора и нам завалиться.

– Да-да, пойдем спать... – устало сказал Андре и они поплелись наверх в спальни.

– Где моя спальня? – спросил Филипп.

– Бог ее знает, куда вас моя жена сегодня хотела положить, по-моему, в нашу спальню, там якобы вам будет удобнее. Ну а я пошел тогда в другую. Спокойной ночи, братец.

— Спокойной ночи, Андре.

Филипп открыл дверь спальни, хотел включить ночник, но передумал, ощупью пробрался к кровати со своей стороны, разделся, лег в постель и потянулся к жене.

Он погладил жену сквозь ночную рубашку и потянул ту вверх, чтобы не мешала наслаждаться запахом супруги. Она уже спала и, когда Филипп стал трогать ее тело, сонным голосом проговорила:

— Ты перепутал спальни, твоя жена в соседней комнате!..

Эти слова сразу же очень отрезвляюще подействовали на Филиппа. Он с извинениями вскочил с кровати, быстро перебежал в другую комнату и включил ночник. Жена, укрывшись почти с головой, спала, повернувшись в противоположную сторону. Рядом, лицом к нему, спал, похрапывая Андре. Филипп с силой потряс его за плечо, тот открыл глаза и непонимающе уставился на брата:

— Что случилось? Пожар?!

— Ты попал не в ту комнату, и ты спишь с моей женой, – прошептал Филипп и, стянув Андре с кровати, выпроводил его из спальни.

Андре, зевая, поплелся в соседнюю комнату, тихо лег в кровать к жене, не включая ночник, и опять сладко уснул, издавая время от времени громкий храп.

Филипп же, наконец, лег рядом со своей женой. Его руки жадно нащупали под одеялом ее голое горячее тело. «Она сегодня наконец-то без рубашки, значит ждет меня, как и договаривались, моя умничка. Нехорошо будет, если завтра Марта проболтается о случайном происшествии», – подумал Филипп и прошептал:

– Я счастлив, что наконец буду с тобой, дорогая.

Он погладил ее спинку от шейки до круглой попки, потом помассировал и хорошенько размял ее. Учащенное дыхание и дрожь всего тела выдавали ее явное возбуждение и желание дальнейшего наслаждения. Филипп развернул ее к себе, одной рукой он сжал ее грудь, а другой – нежно заскользил вниз... От приятных нежных прикосновений ее тело дернулось, ноги обвили его торс и сжались у него за спиной... Два тела сплелись в одно, и раздался протяжный двойной стон... Они отдались наслаждению с таким сумасшествием, как будто это был последний день их жизни.

В соседней комнате жена проснулась от громкого храпа. Она недовольно толкнула рядом лежащего Андре локтем в спину и пробурчала:

— Перестать храпеть! Спать не даешь...

Он что-то сонно прогудел, развернулся, лег на спину и через некоторое время опять громко засопел. Но в это время жена вдруг услыхала звуки удовольствия из соседней комнаты, и ее сон полностью куда-то испарился...

— Ты мне что-то обещал, – тихо проговорила она, – но так напился, что моментально уснул...

Она быстро сняла с себя рубашку, пододвинулась поближе к Андре, взяла его руку и положила к себе вниз на мягкие волосики... Он сразу проснулся, дыхание участилось и стало тяжелым, мужское достоинство стало крепким, упругим и стремилось к женщине – к объекту вечного восторга. С шумным выдохом жена прошептала:

— Ну... давай, давай же... – и тяжело насела сверху на Андре...

Оставшееся время ночи до позднего утра супружеские пары – уставшие, удовлетворенные и счастливые – спокойно, беспробудно спали.

Первой проснулась хозяйка дома и ласково потрепала за рукав своего мужа, лежащего к ней спиной. Он открыл глаза и повернулся к ней... Оба с изумленным непониманием уставились друг на друга и на несколько секунд лишились дара речи. Первая пришла в себя Марта и спокойно произнесла:

– Ты, наверное, спальней ошибся, Филипп... Я всегда говорила – все выпитое сверх меры приводит к непредсказуемым последствиям... Но что произошло – то произошло... и я нисколько не сожалею. Между нами говоря, я была в восторге, и лучше, чем этой ночи, у меня уже давно не было.

Филипп взял ее руку, поцеловал и тихо произнес:

– Я в восторге от тебя и давно не имел такого прекрасного секса. Благодарю тебя, Марта. Но что скажет на это Андре и Лиза?..

Марта засмеялась и ответила:

– Что же они могут сказать? Они сейчас в том же положении, что и мы, только вот была ли у них такая ночь, как у нас – это вопрос.

Вдруг они услышали за стеной крик Лизы и оправдывающийся голос Андре:

– Я тут ни при чем... и думал, что ты Марта... И вообще, меня выгнали из моей кровати, оказывается?.. Ну и хорошенькие же дела... Не бей меня, подушку порвешь...

— Негодяй! Ты воспользовался мной...– кричала Лиза.

— Да перестань меня бить... Я совсем тобой не воспользовался, ты сама захотела...

— Да, я захотела, потому что думала, ты – это Филипп.

— Ну вот, подушку порвала и теперь все перья летают по комнате... Кто теперь, по-твоему, будет все убирать? Я спал спокойно, никого не трогал, а ты меня разбудила и давай...

— Не я тебя разбудила, а ты сам расхрапелся, и вообще... это же твоя жена разбудила нас своими отчаянными стонами!

— Ну, значит мы квиты... Напрасно только подушку порвала, она-то точно не виновата.

Марта и Филипп переглянулись и засмеялись.

СЧАСТЛИВЫЙ ДЕНЬ ПО ПРЕДСКАЗАНИЮ

Молодая, жизнерадостная блондинка двадцати семи лет по имени Сандра, с голубыми глазами и слегка вздернутым носиком, влилась со своим стареньким автомобилем в общий поток движущихся машин в направлении Мюнхена-Швабинга. Ее не раздражали частые вынужденные остановки из-за создававшихся пробок. Слушая любимую музыкальную группу, звучащую по радио, она в такт качала головой, привычным движением автоматично переключая коробку передач. Настроение у нее было приподнятое. Время от времени Сандра посматривала на себя в зеркало и загадочно улыбалась.

«Когда он решится, наконец-то? Ведь я чувствую, что он меня любит», – произнесла она вслух. Он – это был ее жених Ханс, которого она любила, и с которым уже три года встречалась. Однако время шло, а он то ли не догадывался, то ли недостаточно любил ее, то ли не решался, то ли ему требовался больший срок для проверки своих чувств; во всяком случае, он не торопился с предложением жениться.

Сандру это злило, но сказать об этом Хансу она считала ниже своего достоинства. Ей казалось, он давно должен был сделать ей предложение, ведь это так просто – сказать: «Будь моей женой».

Между тем дни летели, сопровождаемые ожиданием и надеждой.

К ее любовной проблеме присовокупилась еще одна – проблема безработицы. Год назад Сандра закончила Мюнхенский университет, но пока была без работы. Неопределенность действовала ей на нервы.

Однажды, просматривая в газете рубрику предложений о работе, Сандра обратила внимание на объявление «Гадание и ваш успех». Она тут же позвонила по телефону, в тот же день договорилась о приеме и отправилась к гадалке.

Темноволосая дама неопределенного возраста, в экзотическом пестром наряде, с гордым таинственным видом предстала перед Сандрой в дверях своей квартиры и, проводив клиентку в комнату, усадила за стол, накрытый искусно расшитой золотом скатертью. На нем стоял стеклянный шар и рядом лежала колода карт. Комната напоминала цыганский шатер с коврами на стенах и на полу.

— Хотите на картах гадать или погадаем на шаре? – осведомилась предсказательница грубоватым прокуренным голосом.

— А что подешевле? Я сейчас безработная и вынуждена экономить... – робко спросила Сандра.

— Такса одна и та же – и то, и другое стоит

сто евро за предсказание на год и пятьдесят евро с предсказанием на следующий день, – глядя на клиентку в упор, ответила хозяйка шатра.

– А что более правдиво? – уточняла Сандра.

– Карты и шар одинаково правдиво предсказывают только правду, – серьезно ответила гадалка.

– Тогда карты и только на завтра, – выбрала Сандра и подумала:

«Завтра пятница и у меня как раз назначено собеседование в банке о приеме на работу. Посмотрим, что она мне нагадает».

Гадалка не спеша, с чувством собственного достоинства и знанием дела, разложила на столе карты, и Сандра, с затаенным смешанным чувством надежды и страха, ожидала ее предсказаний.

– Карты разложились к вашей большой удаче. Завтрашний день будет самый счастливый для вас в этом году. Так что все, о чем вы мечтаете, исполнится завтра. С вас пятьдесят евро, – монотонно проговорила гадалка, протягивая руку за заработанными деньгами.

Сандра облегченно вздохнула, вытащила из сумочки нужную сумму и, передав ее гадалке, покинула таинственный шатер.

Она не шла, она летела, как на крыльях, к своей старенькой машине. Какое прекрасное настроение! Как легко и радостно на душе!

«Неужели завтра Ханс, мой любимый Ханс, решится сделать мне предложение, и завтра я наконец-то получу работу! Это было бы такое счастье! – радовалась она, ведя машину. – Скорее бы завтра!»

Но сегодня она ехала на своей «старушке» к Хансу на квартиру, чтобы вместе провести приятно вечер. Ханс встретил ее, как всегда, радостно. Помог снять пальто, поцеловал ей руки, щеки, лоб, прильнул к губам... Этот поцелуй! Он сводит ее с ума! Казалось, комната наполнилась звуком их бьющихся сердец... Он любит ее! Но почему, почему он не говорит ей об этом?!

– Дорогая, я приготовил хороший ужин к твоему приходу, – обняв ее за талию и отводя в столовую, проговорил Ханс.

«Нужен мне твой ужин. Я могла бы и сама его приготовить», – сердито подумала про себя Сандра, но вслух сказала совсем другое:

– Спасибо, дорогой! Как красиво накрыт стол!

Вечер был приятен: хороший ужин, марочное французское вино, свечи, интимная обстановка... Они и не заметили, как вечер давно перешел в ночь, и она осталась у него до утра.

Засыпая, Сандра пробормотала с надеждой: «Завтра будет самый счастливый день в моей жизни. Скорее бы завтра!»

«Завтра» наступило. Сандра открыла глаза и увидела на пороге спальни Ханса в домашнем халате, с подносом в руках, на котором был завтрак.

– Доброе утро, дорогая, – улыбаясь, проговорил он, направляясь к кровати.

Она не успела ему ответить, как он, споткнувшись о ковер, свалился плашмя на кровать вместе с подносом, разлив кофе на постель и перепачкав все вареньем... От резкого сотрясения, кроватная спинка с узорчатыми металлическими украшениями не выдержала и рухнула сверху на обоих, больно ударив по головам. От боли у Сандры выступили слезы, но она быстро взяла себя в руки и принялась выкарабкиваться из-под тяжелого бремени, таща за собой Ханса. Освободившись и смущенно извиняясь, Ханс установил модное изобретение на место и стал все убирать.

«Ведь это все пустяки в сравнении с тем, что меня сегодня ожидает», – мысленно утешала себя Сандра, помогая Хансу с уборкой. Они торопились. Он спешил на работу, а у нее – собеседование в банке, и ей ни в коем случае нельзя опоздать на него. Приведя себя в порядок, Сандра поцеловала в щеку возившегося еще с уборкой Ханса и поспешила к выходу. Тот успел выкрикнуть ей вдогонку: «Встречаемся вечером в нашем любимом ресторане?» Девушка кивнула ему в согласие и выскочила из квартиры.

Она не стала ждать лифта, бегом спустилась по ступенькам и, вылетев из парадного на улицу, наскочила на проезжающего мимо на велосипеде трубочиста. Не успев свернуть в сторону, трубочист упал вместе с велосипедом под тяжестью Сандры и, они оба покатились по грязному тротуару. В сознании виновницы происшедшего невольно промелькнуло: «Гадалка права! Трубочист – всегда к счастью».

Отряхиваясь на ходу, она поспешила к своему автомобилю, стоящему на противоположной стороне улицы и... застряла каблуком в канализационной решетке. Резко и нетерпеливо пытаясь выдернуть туфлю, она еще сильнее заклинила каблук. Вытащив ступню из туфли, она руками выдернула ее, оставив каблук в решетке канализации.

«Нет! Это ни о чем не говорит! Все это мелочи!» – не сдавалась судьбе Сандра. «У меня в запасе еще двадцать минут времени и я успею купить себе новые туфли. Вези «старушка», нельзя терять ни минуты», – приказала она старенькому автомобилю, направляя его к ближайшему обувному магазину.

Туфли нашла она без труда и сравнительно дешевые. Заплатив за них в кассе, Сандра аккуратно спрятала сдачу и чек в кошелек, положила его в сумочку и побежала к машине, забыв коробку с туфлями на прилавке. Сумочка мешала ей открыть дверцу, и девушка на секунду положила ее на крышу машины. «Хоть бы не опоздать, хоть бы не опоздать», – шептала она про себя, садясь в авто и стартуя.

Остановившись на красный свет, Сандра решила одеть свои новые туфли и обнаружила, что их нет. «Надо было сразу их одеть! Какая я рассеянная! Забыть туфли на прилавке! Идиотка! – ругала она с досадой себя, но, хотя настроение у нее испортилось, веру в предсказание ей терять не хотелось. – Ничего, заберу туфли после собеседования. Слава Богу, у меня есть с собой тапочки».

Рванув на зеленый свет, она проехала до следующего перекрестка и резко затормозила на красный, чуть не наехав на переднюю машину. «О, Господи! Чуть не долбанулась! Счастье все-таки есть!» – только успела она вымолвить, как в то же мгновение заднее авто с отчаянным визгом тормозов врезалось в багажник ее машины, а «старушка», заскрипев всеми своими частями, ударилась о передний «Мерседес».

Полицейский появился через несколько минут и попросил хозяев трех машин говорить по порядку, просматривая у каждого из них водительские права.

– Задняя машина врезалась в мое авто и натолкнула его на переднюю машину. Я совсем не виновата, – оправдывалась Сандра.

– Ваши права, пожалуйста, – попросил полицейский.

Сандра полезла в авто за своей сумочкой и с ужасом обнаружила, что ее нет на месте. Она посмотрела под сиденье, заглянула в багажник – ее нигде не было. Растерянно усевшись на сиденье, она лихорадочно стала вспоминать, куда же она ее положила.

«Я вышла из магазина, забыв там купленные туфли и сумку... Нет, сумка, кажется, была у меня в руках... Я подошла к машине... Идиотка!

Я положила ее сверху на машину!» – вспомнила, наконец, Сандра, но ей от этого легче не стало.

Полицейский записал положение машин, их номера, фамилии хозяев и разрешил всем ехать дальше. Доехав до автомастерской, девушка оставила свое авто ремонтировать и добралась в банк трамваем на час позже назначенного времени, чтобы узнать о вежливом отказе взять ее на работу...

Уставшая, подавленная, в самом дурном настроении, которое когда-либо у нее было, Сандра не решилась пойти на встречу с Хансом в таком состоянии и, сев в метро, поехала к себе домой.

Задумчиво глядя в окно, она не сразу поняла, что от нее требовал подошедший к ней человек: «Ваш проездной, пожалуйста». Девушка растерянно подняла на него глаза, и когда поняла, в чем дело, нервно рассмеялась...

Очутившись в своей квартире, с квитанцией о штрафе в руках, Сандра не стала сдерживать подкатившийся к горлу комок, бросилась плашмя на диван, уткнулась головой в подушку и зарыдала... От нервного потрясения и физической усталости она незаметно для себя уснула.

Неоднократные звонки в дверь разбудили ее. В комнате было совершенно темно. Она включила настольную лампу и посмотрела на часы. «Без пятнадцати двенадцать. Кого это принесло так поздно? Опять какой-нибудь «счастливый сюрприз», – с грустной иронией подумала Сандра и, подойдя к двери, спросила:

– Кто там?

– Это я, Ханс.

В распахнутую дверь вошел ее любимый с огромным букетом алых роз.

– Что случилось? Я ждал тебя целый вечер. Почему ты не пришла? Я не могу без тебя жить. Я хочу, чтобы ты всегда была рядом со мной. Я люблю тебя. Будь моей женой!

Забыв обо всех своих неудачах и злоключениях, Сандра, обхватив руками его шею, тихо прошептала:

– Ты не представляешь, какой у меня сегодня был день, но эта минута – самая счастливая в моей жизни.

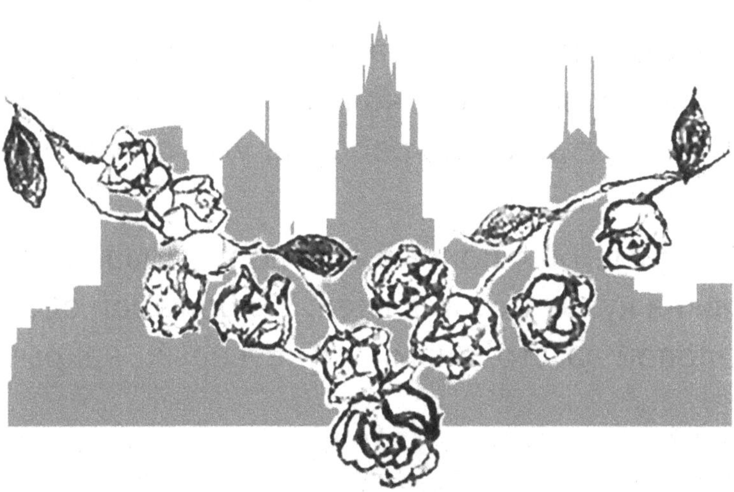

ДОМ ПРЕСТАРЕЛЫХ

Дом престарелых для богатых и людей с большой пенсией находился в очень живописном зеленом оазисе, вдали от города и машинной гари. Облицованный деревом, он выглядел гармонично с окружающей природой.

Каждая квартира в нем имела маленький садик с террасой или удобный балкон с цветами. Каждый из проживающих в этом доме имел собственную меблированную квартиру или комнату со всеми удобствами, небольшую кухню для любителей готовить, холодильник, в котором могли хранить продукты. Три раза в неделю приезжал автобус, чтобы отвезти желающих в супермаркет, театр, кино или в какое-нибудь путешествие в горы с пребыванием там в гостинице.

Чтобы попасть в такой дом престарелых, многие пары или одиночки, будучи еще полны сил и энергии и еще работая, уже становились на очередь.

В доме был полный комфорт. Повара готовили на кухне еду для всех, и в большой общей столовой за столиками на четверых, накрытыми белоснежными скатертями, пожилые люди ели и общались друг с другом. Врач, медсестры и ухаживающие за больными и лежачими стариками добросовестно относились к своим обязанностям.

Все хорошо, только обслуживал этот дом исключительно женский персонал, включая водителя автобуса и садовника. Ну как тут можно выйти замуж работающим здесь женщинам и завести детей, если негде и не с кем познакомиться? Многие молодые женщины от этого страдали, особенно медсестра Марта. «Мне уже тридцать семь лет, – говорила она коллегам, – а у меня – ни мужа, ни детей... С кем тут можно познакомиться, если среди персонала ни одного мужика нет?» Коллеги ее прекрасно понимали.

Однажды на ночном дежурстве Марту вызвал звонком из комнаты господин Майер. Она поспешила в его комнату. Этот господин семидесяти лет недавно поселился в доме престарелых и с трудом привыкал.

– Что случилось, господин Майер? Вы себя плохо чувствуете? Позвать врача?

– Нет, Марта, мне совсем не спится... Я уже несколько дней не могу тут спать... Я не знал, что так трудно мне придется...

– А что случилось?

– Вот как вы думаете? Весь день вокруг меня шастают молоденькие девушки в коротких белых халатиках и с расстегнутыми пуговицами на груди... Как должен чувствовать себя мужчина? У меня яички затвердели... Они, как камень, и болят... болят... Этот... мой... не хочет спать... Можете видеть по одеялу... Можете вы мне чем-то помочь все-таки без врача, сами?..

Марта впервые столкнулась с такой проблемой, открыла одеяло, и удивленно и восхищенно уставилась на твердый, торчащий вверх предмет. Она стала легонько гладить яички. Он ахнул, рванулся вперед, сдернул с нее халатик и схватил ее груди... И у нее вдруг проснулось сильное желание. Она быстро стянула с себя трусики, насела на него сверху и, мягко и ритмично задергалась на нем... Майер долго держался и наконец озверело заревел. Она забилась в оргазме. Через минуту Марта спешно застегивала свой халатик.

– Мы были, наверное, очень громкие. Вдруг кто-то явится и увидит нас вдвоем?

– Да пусть видят. Я человек взрослый и самостоятельный. Ты, Марта, тоже не маленькая девочка и вполне можешь заниматься тем, чем хочешь. Так ведь?

— Не знаю... Это как посмотрит начальство...

— Если оно посмотрит иначе, я тут же покину дом престарелых и переселюсь обратно в город, и прихвачу тебя. Там, во всяком случае, никто не будет мешать.

За соседней стеной возбужденные звуки оргазма разбудили господина Шмидта. Он сразу все понял и только подумал: «С кем это наш новенький баловался?»

Шмидт тихонько приоткрыл свою дверь так, чтобы можно было увидеть выходящего от господина Майера человека. И вскоре вышла Марта, одергивая на ходу халатик. «Ах вот кто эта красавица! Как повезло этому Майеру. Хотя, может и мне так повезет? Почему нет? Завтра я ее вызову ночью к себе, а там посмотрим...»

Шмидт лег в свою кровать, но так до утра и не смог уснуть. У него все напряглось, и он постоянно думал о Марте: «Вот чертов этот Майер! Угораздило его заманить Марту к себе. Ну сделали бы они свои дела тихонько, без шума! Так нет же, надо было, чтобы и соседи теперь мучились. Жили так тихо, спокойно, так нет же – принесла его к нам нелегкая».

В обеденный час, когда весь персонал и жильцы дома обедали за своими столиками, оба мужчины, Шмидт и Майер, не отводили глаз от Марты. Одна из коллег заметила их постоянные взгляды и сказала Марте:

– Посмотри, как эти двое на тебя пялятся? Они просто съесть тебя хотят глазами. Они что, в тебя влюбились?

– Не знаю... Душа – потемки. Может и влюбились. Хоть кто-то в меня влюбился.

После обеда Марта ушла в свою комнату отдыхать, чтобы выйти в ночную смену бодрой. Ночью она сидела в дежурной в кресле и читала книгу, чтобы не уснуть. Прозвенел звонок, но не из комнаты Майера, как она ожидала. Этот звонок был из комнаты Шмидта. Она положила книгу на стол, встала с кресла и пошла в его комнату.

– Господин Шмидт, что-то случилось?

– Да случилось, еще вчера. Я до утра не мог уснуть по вашей милости.

– По моей?

– Да, по вашей и этого Майера. Вы что думаете, я не мужчина? У меня нет потребности? Вот, посмотрите, что со мной делается!

Он открыл одеяло. Марта с улыбкой подошла к нему, дотронулась до яичек, погладила член. Он сильно застонал от удовольствия и потянулся к ней. Расстегнул ее халат, погладил грудь. Марта быстро стянула с себя трусы и наcела сверху на Шмидта.

Звуки оргазма донеслись до соседа Майера и разбудили его. Он открыл глаза, прислушался, подошел к двери и слегка приоткрыл ее. Ждать ему пришлось недолго. Вскоре он увидел выходящую из дверей Шмидта... Марту.

– Ничего себе! – удивился Майер. – Она что, и его обслуживает? Ах этот старый хрыч! Это моя Марта! Пусть себе другую ищет. Завтра я ему все выскажу, негодяй такой.

Он улегся в свою кровать, сердито повертелся в ней с боку на бок и, наконец, уснул.

Утром за завтраком, сидя за столом вместе со Шмидтом, Майер тихо и сердито произнес:

– Не смейте переманивать у меня Марту. Она – моя. Ищите себе кого-нибудь другого.

Шмидт спокойно и также тихо ответил:

– Она не ваша собственность и даже не ваша жена. С кем она хочет, с тем и будет. Так что можете успокоиться.

Следующую неделю в ночной смене дежурила молодая, двадцати пяти лет, Кэт. Она сонно поднялась с кресла, услышав звонок из комнаты Шмидта и, не спеша пройдя в его комнату, спросила:

— Вы хотите в туалет? Вам принести утку?

— Нет, мне нужна женщина!

— А... какая? Сиделка или врач?

— Нет, женщина в белом халате.

— А... это вам женщина в белом приснилась. Тогда это вам ангел приснился. Вот, если бы женщина в черном приснилась, тогда это была бы смерть. А так еще долго проживете, господин Шмидт. Все? Больше вам ничего не надо?

— Нет...

— Тогда спокойной ночи, мистер Шмидт.

Она вышла, закрыла плотно дверь, доплелась сонно к креслу и опять уснула. Через некоторое время она услышала звонок из комнаты Майера. Она неохотно встала с кресла и поплелась в его комнату.

— А где сестричка Марта? Она сегодня не работает?

— Она будет работать следующую неделю, а эту неделю работаю я. Вы что-то хотели? Отвести вас в туалет или дать утку?

— Нет. Мне нужна женщина.

— В белом халате, что ли?

— Да, может вы ею будете? – с надеждой в голосе спросил Майер.

— Боже, что это вам всем снится одно и то же. Если вам снится женщина в белом, это к долгой жизни. Если в черном, то к смерти. Так что вам жить долго. Спокойной ночи. И правда, господин Майер, дайте немного поспать, если у вас нет ничего серьезного ко мне.

— К вам нет. Спокойной ночи.

Идея жениться на Марте пришла обоим мужчинам почти одновременно, и каждый из них предложил Марте руку и сердце. Марта с улыбкой пообещала мужчинам подумать.

Шмидт и Майер сидели в столовой за одним столом и в последнее время не переносили друг друга, до такой степени, что не здоровались и смотрели друг на друга волками. Шмидт попросил пересадить его за другой столик, чтобы не видеть Майера, и сидел за столом спиной к нему. Психиатр дома престарелых, отвечающий за душевное состояние жильцов, не мог понять причины такой ненависти, но и беседы с обоими мужчинами не принесли успеха и не приоткрыли завесу тайны.

Через некоторый промежуток времени все коллеги, да и жильцы дома, обратили внимание на Марту, которая здорово поправилась, а еще через пару месяцев все поняли, что она беременна. Да она и не скрывала. Она с гордостью носила свой выпирающий вперед животик и радостно говорила коллегам.

– Благодарю, Господи, что услышал меня и позволил мне забеременеть.

Шмидт и Майер постоянно оказывались около Марты с каким-нибудь подарком или цветами, почти отталкивая друг друга локтями.

Вскоре в родильное отделение города скорая помощь доставила роженицу, сопровождаемую двумя мужчинами, утверждающими свое отцовство. В коридоре для близких родственников Шмидт и Майер с волнением ходили взад и вперед, злобно сверкая глазами друг на друга.

Наконец вышел доктор.

– Кто отец роженицы? – спросил он.

– Я! – закричал Шмидт.

– Не слушайте его – это я!

Они стали друг друга ругать и толкать.

– Уважаемые, – растерянно произнес доктор, – здесь все-таки родильное помещение, а не боксерский ринг. Ведите себя прилично. Я не собираюсь выбирать, кто из вас отец ребенка – это решит роженица. В данном случае у вас родились прекрасные близнецы – девочка и мальчик.

Шмидт и Майер, как маленькие дети, радостно захлопали в ладони и неожиданно бросились друг к другу в объятия со слезами на глазах.

На обратном пути в дом престарелых Майер произнес:

— Знаешь, мой враг, мне кажется, что нам теперь нужно еще и вырастить этих двух крошек. Как ты думаешь? Не можем же мы позволить Марте стать матерью-одиночкой при живых двух мужьях?

— Целиком с тобой согласен. Нас теперь всех связывают эти маленькие существа. Я лично решил оставить дом престарелых, снять нам всем квартиру и жить всем вместе. Ты тоже так считаешь? – спросил Шмидт.

— Ты прочел мои мысли, враг мой, – согласился Майер. – У тебя приличная пенсия, как я знаю, а я могу переписать на малюток свое состояние, которое было распределено на моих родственников. Теперь у меня, то есть у нас, есть наследники. Я предлагаю, без обид с твоей стороны, расписаться в загсе мне. Иначе как я перепишу наследство на малышей? А жить будем все вместе, и ты тоже в качестве мужа. Как ты думаешь, Марта на это согласится? К тому же мы будем сидеть по очереди с малышами, а Марта, если захочет, пойдет работать через некоторое время.

– Я согласен. Надо с Мартой это все обсудить, – ответил Шмидт.

В конце недели оба мужчины с цветами в руках стояли у входа в родильное отделение. К ним вышла Марта с малышами. Майер взял одного ребенка первым. Шмидт взял второго, и оба папаши гордо понесли своих младенцев к авто.

– Ну что, едем в дом престарелых? – спросила Марта.

– Нет, дорогая, – ответил Майер, – мы сняли для нас всех квартиру, если ты не возражаешь, и мы все будем малышей воспитывать вместе. Выходи за нас замуж. Ты согласна?

Марта улыбнулась.

– Конечно согласна. Не было у меня и одного мужа, а теперь есть и два ребенка, и два мужа. Благодарю, Господи!

СЛУЧАЙ НА КАРНАВАЛЕ

Он и она жили в законном супружеском браке. Детей пока у них не было, поэтому и не было родительских обязанностей. Они имели одинаковые интересы: вместе ходили в спортивный зал, в горы, в театры и на все праздники. Рождество супруги проводили по традиции у своих родителей, празднование Нового года встречали с их общими знакомыми или выискивали место, где можно было весело и хорошо провести праздник.

Настало время карнавалов, супруги совместно выбрали место развлечения, и их выбор пал на Национальный театр, куда они заказали пригласительные билеты. Обычно на карнавал супруги одалживали костюмы в одном из театров, однако в этот раз решили сделать собственные маски и костюмы. Он смастерил маску из черного атласа, обшил ее блестящим серебряным бисером и украсил белыми, черными и серебряными перьями страуса. Она сшила такую же, но изготовила все из красного атласа, золотого бисера и красных перьев. Это был первый праздник, на который они решили появиться отдельно друг от друга и затем, бродя по залу, выискивать своего партнера по одетой маске. Это придавало интерес и обещало приятное препровождение карнавального праздника.

И вот день их развлечения настал. Супруг уехал пораньше, чтобы заказать к приходу жены столик, а она долго крутилась перед зеркалом в своем алом платье с глубоким вырезом. Ее пышная грудь эротично выступала из бюстгальтера, и не нашлось бы ни одного мужчины, у которого, глядя на них, не возникло бы заманчивого сексуального желания. Она недовольно похлопала себя по выступающим упругим мячикам ягодиц, которые сильно торчали назад и из-за этого, ей казалось, на ней плохо сидело новое платье. На ее взгляд, у нее была совершенно не модная фигура. Муж считал совершенно обратное – он обожал ее фигуру, находил ее идеальной и очень сексуальной – настолько сексуальной, что в постели он получал оргазм раньше, чем она успевала отреагировать на его близость. Для нее же сексуальная близость не играла особо важной роли в их супружестве, духовные качества мужа были ей намного важнее.

Она выставила несколько пар туфель и стала их примерять. Туфельки должны быть и удобны, и красивы. Как-никак ей придется танцевать весь долгий вечер, и она не должна вернуться домой без ног от усталости. Она остановилась на замшевых красных туфельках на высоких каблуках, купленных в прошлом году и уже привычных для ног.

Надо не забыть и о духах... Аромат должен быть незабываем. Каждый год она покупала себе новые духи для карнавала и затем пользовалась ими в течение года. Она открыла красивый пузырек и с наслаждением вдохнула запах. «Ему они должны понравиться», – заключила она и кончиком мизинца помазала духами по белоснежной шейке, в ложбинке двух бугорков бюста, подняла юбочку и провела духами в глубине, даже кончики пальцев на ногах получили свою долю нежного аромата. Последний штрих алой губной помады. Последний взгляд на свое прекрасное отражение. И она, ухватив театральную сумочку и накинув манто, покинула квартиру.

Карнавальный бал был в самом разгаре: оглушительно гремел оркестр, пары в ярких карнавальных костюмах и масках, прижавшись плотно друг к другу, перемещались по залу в такт музыке, и желающих пройти в это время через зал ожидало много приятных прикосновений и столкновений. Цветное освещение, блестящие зеркальные шары, разноцветные гирлянды, ленты серпантина, придавали залу праздничный и возбуждающе радостный вид, зовущий к беззаботному веселью. У стен зала стояли столики со всевозможными прохладительными напитками, шампанским и винами. Сидящие за некоторыми из них посетители весело подпевали музыке, аплодировали в такт и с нескрываемым интересом разглядывали танцующих.

В поисках мужа, она медленно проплыла огненно-алой феей вдоль столиков, возбуждая интерес сидящих мужчин и провожаемая ревниво оценивающими взорами женщин. Ни у одного стола мужа не было.

Она остановилась у театральной колонны и стала рассматривать стремительно проносящиеся мимо нее, танцующие пары. Между ними ловко лавировали официанты с подносами, обслуживая столики с посетителями.

– Позвольте пригласить вас на танец, – напрягая голосовые связки из-за громкой музыки и общего веселого шума, проговорил мужчина в костюме капитана.

Она не так услышала, как догадалась, о чем говорит подошедший, и согласилась, подумав про себя, что, возможно, мужа уже подхватила на танец какая-то особа и его удастся найти в центре зала. Она вальсировала с незнакомцем, внимательно оглядывая танцующих. Затем она станцевала с ним еще несколько танцев. Незнакомец угостил ее бокалом шампанского, которое они выпили весело на брудершафт. Оркестр грянул «Польку», и пары запрыгали с удвоенной энергией, увлекая и их в общий круг.

В какой-то момент они попали между двумя парами, которые, столкнувшись с ними, невольно притиснули незнакомца к ее груди. Она почувствовала на спине легкий треск, и ее лифчик стал сползать.

«Тьфу ты! – подумала она с легкой досадой: – Мне еще не хватало, чтобы моя грудь вылезла наружу». Она с силой отстранилась от незнакомца на позволительную дистанцию. Он развел руками и, извиняясь, улыбнулся, мол: «Никаких плохих намерений у меня не было, и в такой ситуации простительно все».

В эту секунду она увидела проплывающую мимо маску мужа под руку с какой-то девицей в костюме попугая. Они весело о чем-то щебетали, не обращая ни на кого внимания. Ее это ужасно рассердило, и чувство ревности пробежало по всему ее телу.

«Как он мог, не дождавшись меня, с кем-то танцевать, да еще с каким-то попугаем!» У нее несколько испортилось настроение. Она подхватила незнакомца и повела его в танце вслед за мужем и его партнершей.

Оркестр перестал играть. Танец закончился, и пары медленно растекались по своим местам, освобождая середину зала, на которой тут же появился ведущий карнавала, предлагая дальнейшие развлечения.

По просьбе партнерши, капитан провел ее вслед за мужем, сопровождаемым «попугаем», и с поклоном оставил стоять рядом. Она пыталась подслушать, о чем ее муж разговаривает с нелепо одетой дамой, но из-за общего шума не могла разобрать ни одного слова. Ее неимоверно раздражало его полное внимание к «попугаю». Он не смотрел по сторонам и совсем не пытался искать жену, хотя бы глазами.

Наконец, «попугай» его покинула и отправилась, предположительно, в туалет. В то же мгновение она подскочила к мужу, дернула его за рукав, поднялась на цыпочки и, потянувшись к его уху, проговорила сердито:

— У меня лифчик расстегнулся, пойдем в безлюдное место, поможешь застегнуть.

Он согласно кивнул и последовал за ней к выходу из зала. По дороге она высказывала мужу свое недовольство его поведением, в то время как он, явно смущенный всем происшедшим, молчал:

– Как ты мог проводить время с этим «попугаем», а не искать меня? Если бы я сама тебя не нашла, так ты бы и не подумал меня искать!

Они поднялись по ступенькам наверх и оказались в длинном коридоре со многими дверьми. Она толкнула одну дверь, вторую, и только с пятой им повезло. Дверь приветливо распахнулась, и они попали в темную комнату с диваном у окна и круглым столом со стульями посредине. Не тратя время на поиски света, она быстро спустила верх платья, подставляя ему расстегнутый лифчик. Он обнял ее сзади, проскользнул руками под лифчик, нежно погладил грудь, заставив ее вздрогнуть и замереть от внезапно нахлынувшего наслаждения. Губы ее невольно прошептали: «Я люблю тебя». В полной темноте он продолжал гладить ее упругую грудь и, нетерпеливо сняв маску, припал губами к ее спине, шее... «О, Боже!» – прошептала она, забыв о ревности к «попугаю». Чувствуя, что слабеет, она повернулась лицом к нему, обхватила его шею, прижалась к нему и страстным поцелуем выразила свое желание. Он со страстью гладил и целовал ее по всему телу, и ей

СЛУЧАЙ НА КАРНАВАЛЕ

казалось, никогда не любил он ее так, как сегодня. Его пальцы скользили все ниже и ниже...

Из зала доносилась громкая музыка, и они в ритме музыкальных тактов прижимались друг к другу все крепче и плотнее. Издав невольный крик наслаждения, она задрожала всем телом в любовной агонии. Он последовал ей. Их тела слились в порыве безмерного счастья. Минута... вторая... и они в истоме, обессиленные, мягко опустились на диван и некоторое время отдыхали. Затем она опустила юбку, прильнула к губам мужа страстным поцелуем, а он крепко сжал ее в своих объятиях.

— Дорогой, я спущусь в туалет, а ты жди меня внизу – пожалуйста, в этот раз, за нашим столиком, – проговорила она, еще раз поправила на себе платье, пробралась в темноте к выходу и покинула комнату.

Сбегая вниз по лестнице в туалет, она вдруг подумала, что муж сегодня пользовался совсем незнакомым ей, приятным мужским одеколоном.

Она появилась в зале во всем алом блеске, прошла вдоль столиков и за одним из них увидела сидящего без маски мужа. Она подсела к столику и кокетливо спросила:

— Вы кого-то ожидаете, господин?

— Конечно, мою любимую жену, госпожу и несравненное украшение этого бала! – ответил он и, взяв ее руку, поцеловал.

— А почему ты без маски? Тебе жарко в ней? – спросила она.

— Можешь себе представить! Я заказал вот этот столик, долго ждал тебя, выпил немного вина, ну и решил спуститься в туалет. Я снял маску, положил на подоконник и зашел в кабину, а когда вышел, маски не было. Кто-то воспользовался ею, я даже видел ее мелькающей среди танцующих. Да я и не жалею. Она, признаться, мне не давала дышать. Кому-то она больше подошла. В конце концов, ты меня и без маски нашла, не правда ли? Кстати, где ты так долго пропадала?

Слава Богу, она сидела в маске, и он не видел выражения на ее лице, которое в этот момент могло выдать ее смятение и растерянность. Она мягко высвободила руку и повернулась лицом в сторону зала к танцующим парам, выискивая знакомую маску или хотя бы «попугая». Даму в костюме она нашла, однако роковой маски около нее не было.

— Ты кого-то ищешь? – спросил он.

— Мне интересно наблюдать за танцующими, – ответила она, не поворачиваясь к нему.

– А зачем наблюдать? Пойдем сами потанцуем, и пусть за нами наблюдают, – предложил муж, и они вошли в круг.

Запах одеколона, который она сама же мужу купила, сейчас показался ей неприятным, и она подумала: «Придем домой, выброшу его пузырек с одеколоном и буду искать тот...» Они еще немного потанцевали, потом она пожаловалась на головную боль, и они вскоре покинули бал.

Все осталось по-прежнему в их жизни. Ее отношение к мужу не изменилось. Ей нравились его умные высказывания, его шутки, приятный мягкий голос, забота о ней. Но каждый раз, когда наступали моменты их близости в постели, она вновь представляла себе желанного незнакомца в маске и, страстно выгибаясь навстречу ласкам мужа, шептала:

«Я люблю тебя!..»

ПРОФЕССОР

По беспокойным улицам Мюнхена суетливо спешили прохожие по своим житейским делам.

Не все в это время дня могли позволить себе пойти на лоно природы и вдохнуть свежий аромат весенней зелени. Две молодые женщины не спеша прогуливались под руку по аллее Английского Парка вдали от городского шума. Одна из них была высокой, стройной, длинноногой блондинкой, выглядевшей, словно фотомодель из журнала мод.

Проходящие мимо мужчины невольно заглядывались на нее, а некоторые, южного вида, молодые люди, эмоциональными возгласами выражали свое восхищение, на которое она никак не реагировала и с гордым, недоступным видом, проходила мимо.

Ее подруга в сравнении с ней выглядела, как в народе говорят, серой мышкой, несмотря на элегантный красный костюм с короткой юбкой и туфлями на шпильках. Со скрываемой завистью она провожала взгляды молодых парней, подаренные не ей, хотя давно была замужем и имела семилетнего мальчика. Но какой женщине не хочется быть объектом мужского внимания и восхищения?

Она вышла замуж раньше своей подруги, сразу же, как только Всевышний поставил перед ней Адама, и сказал: «Выбирай». Спорить со Всевышним она не рискнула и согласилась на Адама, которого звали Эмиль. Как показали годы, Бог был прав, и их супружеская жизнь проходила в гармонии, любви и взаимопонимании. Ее подруга Регина, напротив, имела большой выбор Адамов, и ей трудно было остановиться на ком-нибудь из них, пока не появился солидный профессор, старше ее на десять лет, предложивший ей беззаботную жизнь, исполнение всех ее желаний и путь в высшие слои общества. Она вышла за него замуж, взяв его титул, и стала госпожой-профессор Рот.

Молодые женщины говорили о своих проблемах, суетных заботах и, конечно, о своих супругах.

– Я не представляю, Хельга, как твой муж за восемь лет вашей совместной жизни тебя не раздражает, и не создает тебе стресс и нервозность. Я три года живу со своим, и временами не хватает терпения вынести его брюзжание, – говорила Регина.

Хельга улыбнулась, глубоко вздохнула и ответила:

– Было когда-то время наших трений. Работа, ребенок, домашние хлопоты занимали много времени. Я очень уставала и довольно часто не подпускала к себе мужа, чуть было до развода не дошло – он у меня очень темпераментный. Хорошо, что свекровь вовремя подсказала и объяснила, как поступают умные женщины, чтобы в семье были любовь и счастье. С тех пор – никаких проблем. Ты же знаешь, у мужчин секс – это главное. Поэтому я взяла себе за правило: раз в неделю, в пятницу, укладываю ребенка раньше спать, одеваю красивое нижнее белье, спальные туфли на высоченных каблуках, позволяю ему себя погладить, помассировать ну и прочее. Мужской природе сопротивляться нельзя, – закончила Хельга мягким голосом.

– Уж этого мой профессор от меня не дождется. Я не собираюсь быть ему какой-то игрушкой. Если я не хочу, он должен это понимать и считаться с моими чувствами. Он женился на человеке, а не на бездушной кукле. Ему же приятно со мной появляться в обществе, чтобы все ему завидовали, а для этого мне приходится прикладывать много усилий. Хорошо выглядеть – это тоже работа, – ответила жена профессора.

– Если у вас нет трений по этому поводу, так это прекрасно, – согласилась Хельга.

– Трения есть, но только не по поводу секса. Он очень устает на работе, приходит раздраженный, нервный, в стрессе, и невольно передает свое состояние мне, – пожаловалась профессорша.

— Вот и полечи его сексом. Он станет спокойным и нераздражительным, – предложила Хельга.

— Еще чего не хватало. Я не врач. Если у него проблемы, он может обратиться к психиатру. Да он и не такой уж «голодный». Мне хватает с ним секса раз в месяц, и мы оба не считаем это в жизни самым главным. Мой муж интеллектуального направления и для него важно умственное напряжение.

— Да, ты права, дорогая, – миролюбиво заключила Хельга, – в каждой семье есть свои заботы и со стороны трудно что-нибудь советовать. Каждый поступает, как он считает правильным.

— О, дорогая, мы с тобой заболтались, – посмотрев на часы, проговорила профессорша. – Мне пора бежать к парикмахеру и в салон красоты. Сегодня вечером мы с мужем идем на прием к министру.

Обе женщины, поцеловав друг друга в щечки на прощание и обоюдно пожелав семейного счастья, расстались, избрав каждая свой путь. Хельга на своем стареньком «Форде» отправилась к своей семье, а путь жены профессора лежал в центр Мюнхена к престижному парикмахеру, к которому она подкатила в своем открытом «Ягуаре».

В то время как Регина потратила почти весь день на свое внешнее совершенство в салоне красоты, чтобы на приеме у министра мужчины могли наслаждаться ее красотой и изяществом, а их дамы испытывали к ней зависть и ревность, ее муж, профессор Рот, принимал у студентов зачеты в университете.

Профессор устал от теорий, доказательств формул, теорем, уравнений и, вообще, от студентов. Студенты толпились в общем коридоре; кто-то еще готовился к сдаче зачета и зубрил наизусть конспект, другие обсуждали какие-то глобальные проблемы мирового значения, некоторые расспрашивали сдавших зачет студентов о настроении профессора. Коридор гудел, как улей, усугубляя раздражение профессора.

Он принимал в маленькой аудитории и вызывал к себе студентов по одному из общего коридора. Чем ближе к завершению, тем строже были требования профессора, и бедные студенты напрасно пытались вызвать у него сочувствие или понимание.

Профессор протянул подписанную зачетку очередному студенту и устало позвал:

– Следующий.

Не поднимая глаз на вошедшего, он спросил:

— За дверью еще много студентов осталось?

— Нет, я последняя, – ответил девичий голос.

Профессор поднял голову и посмотрел на полненькую студентку, которая никак не решалась подойти к столу.

— Чего вы там стоите? – устало и раздраженно спросил профессор. – Подойдите ко мне.

Девушка, прижав свою зачетку к груди, ответила:

— Я боюсь вас, профессор.

Профессор снисходительно улыбнулся, казалось, первый раз за весь день, и, облокотившись о спинку стула, проговорил:

— Я же не зверь какой-нибудь, чтобы меня бояться. Дайте свою зачетку.

Девушка подошла к столу, слегка наклонилась и протянула свою зачетку. Взгляд профессора невольно остановился на ее открытом глубоком вырезе. Пышные груди, казалось, не вмещались в лифчик. Эротичные бугорки соблазнительно выпирали из выреза платья.

Профессор не понял, что с ним происходит. Его бросило в жар так, что ему пришлось слегка ослабить галстук и расстегнуть верхнюю пуговицу рубашки. «Мурашки» пробежали по всему его телу, образовав «гусиную кожу». Глаза налились кровью не то от усталости, не то от поднявшегося высокого давления. Его проснувшийся «пленный» рвался на свободу, грозя оторвать связывающие его пуговицы штанов. Руками он непроизвольно ухватил девушку за вырез платья и, обведя вокруг стола, с силой притянул вплотную к себе. Потом его руки лихорадочно полезли под юбочку девушки и одним движением стянули трусики.

«Я боюсь вас, профессор... Я... а... а... а...» – тихо шептала студентка. Однако профессор не слышал ее. Он уткнулся лицом в ее груди, вдыхая с наслаждением запах ее тела и, освободив ее грудь из лифчика, стал страстно целовать. Студентка издала невольный стон удовольствия и, задрожав от желания, с нежностью обняла его шею. Он потянул ее на себя и усадил на освобожденного «узника», готового отдать себя всего за этот миг наслаждения, и уже ничто не могло остановить его от завоевания и высшей награды – безмерного восторга. Студентка глубоко ахнула и ее губы тихо зашептали: «О, профессор...» Потом вдруг, в судорожном рывке, она выгнулась вперед, и безудержный крик невольного наслаждения вырвался из

ПРОФЕССОР

её широко открытого рта. Держа ее за округлые бедра, профессор со сладострастием прилип к ее извивающему телу и его «победитель», отдав последнюю дань, заставил своего хозяина рычать диким зверем от страстного экстаза.

Жена профессора как раз примеряла свое вечернее платье, когда профессор вошел в дом. Регину удивило его веселое настроение, легкий поцелуй в щеку, комплимент ее хорошему вкусу. Она давно не видела его таким сияющим и жизнерадостным. Куда-то исчезли его нервозность и брюзжание. Он опять стал таким, каким был три года назад, когда она с ним познакомилась.

На приеме у министра профессор непринужденно шутил и создавал вокруг себя приятную, радостную атмосферу. Жене профессора было немного неприятно, что он, казалось, совсем не обращал на нее внимания и предоставлял ей полную свободу. Регина ценила полное его доверие, однако сейчас это доверие выглядело скорее безразличием и невольно обижало ее. Когда-то ее муж ревностно оберегал ее от всех мужчин и не отходил от нее ни на шаг. Однако за весь этот вечер он не подошел к ней ни разу и только после прощания, обняв ее за талию, повел к машине.

– Ты сегодня весь день такой веселый, Алекс. Признайся, отчего у тебя такое хорошее настроение? – не сдержав любопытства, спросила Регина.

– После работы немного погулял, – ответил профессор с небольшой паузой.

– Один?

– Нет, со студентами.

– Общение вне работы и прогулки улучшают настроение. Тебе, дорогой, надо, пожалуй, почаще гулять, на тебя это прекрасно влияет.

– Ты права, дорогая, с сегодняшнего дня я буду чаще гулять, – ответил профессор и, с наслаждением вспомнив свою студентку, подумал: «Природе противостоять невозможно».

СУЖЕНОГО КОНЕМ НЕ ОБЪЕДЕШЬ

Фрау Айзенман имела в жизни все, почти все: красоту, молодость, хорошую перспективную работу, деньги, собственную меблированную квартиру и хорошее положение в обществе. Казалось бы, что нужно еще для счастья? Она и была счастлива. Но иногда ночью... когда бывали бессонницы – а в последнее время они появлялись почему-то довольно часто – ее воображению представлялся высокий, стройный, атлетического сложения, темноволосый, с голубыми глазами, элегантный принц... Они обязательно встретятся и обязательно на представительном банкете... В смокинге с бабочкой он будет выглядеть неотразимо. Нет, они встретятся в самолете, когда у нее будет деловая командировка... Нет, ее «БМВ» неожиданно сломается и он на своем «Ягуаре» поможет ей добраться домой... Нет, они встретятся случайно за границей как туристы...

Но утром фрау Айзенман уже не вспоминала о своих ночных фантазиях, следуя очень сжатому расписанию рабочего дня: с деловыми встречами, совещаниями, планами и всем прочим, относящимся к ее обязанностям. От бессонных ночей оставались только усталость и головная боль, которые она пыталась заглушить крепко заваренным кофе. Появились раздражительность, частые вспышки гнева. Любое движение за стеной соседской квартиры, мяуканье кошки на лестнице или лай собаки выводили ее из себя. Коллеги на работе стали ее недолюбливать.

«Нет, это не к добру, – подумала фрау Айзенман. – Нужно при случае зайти к психиатру».

Даже близкую подругу ей приходилось выдерживать с трудом. «Вечно со своими советами, – сердилась Паулина на нее, – занималась бы своими делами и не лезла в мои». Не успела Айзенман подумать, как зазвонил звонок. «Конечно же, она... Легка на помине... Ответить?.. Не ответить?..» Она, все-таки, ответила.

— Привет, Паулина, ты не хочешь со мной встретиться? Ты стала совсем необщительной, нетерпеливой и злюкой в последнее время. Тебе явно не хватает мужика. Я понимаю, что тебе некогда знакомиться – ты человек деловой. Предоставь это хорошей агентуре знакомств, – тараторила в трубку подруга. – Я довольна их выбором и, как ты знаешь, очень счастлива. Почему бы тебе не попробовать поискать партнера хотя бы в интернете, ты ведь ничего не теряешь и, возможно, найдешь себе подходящего мужа.

— Я не нуждаюсь ни в ком. Как ты не можешь понять? – кричала в трубку Паулина. – Неужели нельзя оставить меня в покое?! Мне не нужны твои дурацкие советы.

Она раздраженно бросила мобильник на стол и почему-то вдруг расплакалась. Она и сама не знала почему: то ли от усталости, то ли от стресса на работе, то ли просто певица, исполняющая в это время «Аве Марию» Шуберта по радио так растрогала ее. «Все-таки надо что-то делать с нервами, – всхлипывая, проговорила она, – со мной что-то творится непонятное».

На следующий день после работы она подошла к психиатру. Он долго беседовал с ней, задавал вопросы, внимательно слушал ее ответы и наконец поставил диагноз:

– Вам нужен спорт и партнер.

– Но я не нуждаюсь в нем! При моей загруженности и при моих нервах мне только партнера не хватает! И вообще, у меня нет времени его искать, – возразила фрау Айзенман.

– К сожалению, природа всегда берет верх и с этим надо считаться. Попробуйте обратиться в агентуру знакомств. Насколько я знаю, они очень хорошо помогают, – посоветовал доктор на прощание.

Паулина покинула психиатра все-таки с убеждением обратиться в агентство знакомств в ближайшее время.

В воскресенье, как обычно, она проводила время, катаясь на роликах по Английскому парку, считая, что это хороший заряд энергии, здоровья и укрепления нервной системы. Подъехав к грязной луже на повороте, она попыталась ее аккуратно проехать, и вдруг кто-то, мчавшийся сзади на роликах, наскочил на нее, и они оба свалились в эту грязь. Тут же сверху прыгнул на них огромный лохматый пес и стал их радостно топтать и облизывать.

— Уберите собаку, идиот, кретин! Как можно так наскакивать на людей? Что у вас глаз нет, что ли? – пришла в себя Паулина.

Наскочивший оттащил собаку, смущенно извиняясь, предложил Паулине помощь, но она резко оттолкнула его и поднялась с земли сама.

— Слава Богу, с вами все в порядке, – сверкая белыми зубами на грязном лице, проговорил незнакомец. – Если уж мы приняли грязевые ванны, то, может быть, идемте вместе в бассейн?

Конечно, если бы это был ее принц, она бы так и сделала, но с этим грязным чучелом и его дурной собакой – это уж слишком.

— Я не хожу в бассейн со всякими проходимцами, которые толкают людей в грязь, – возмущенно отказала Паулина и покатила в обратном направлении к своему дому.

День был разбит и настроение испорчено: «Идиот, кретин с выпученными глазами», – ругала она его по дороге домой. «Вот такого дурака в партнеры, – вспомнила она язвительно психиатра. – Нет уж спасибо. Лучше остаться одной. Страшилище, чучело, бомж».

Всю следующую неделю Паулина, как одержимая, отдавалась работе и требовала того же от своих непосредственных подчиненных. Она с нескрываемым возмущенным удивлением смотрела на покидающих свои места работников в обеденный перерыв или в конце служебного дня. «Разве можно работать с такими людьми, которые совсем иначе понимают долг и ответственность, чем я», – возмущалась она сотрудниками.

– Фрау Айзенман, – обратился к начальнице пожилой сотрудник, – У меня жена в больнице. Можно мне сегодня раньше уйти с работы?

– У вас был перерыв. Я в это время работала, а вы могли бы пойти к жене. Личные дела нужно делать только после работы, – холодно отказала она.

В бюро тайком от Паулины начались разговоры:

– С этой мегерой невозможно работать. Может купить ей в подарок туристскую путевку куда-нибудь подальше – в Алжир например? Возможно, какой-нибудь алжирец украдет нашу красавицу, и она наконец-то будет на своем месте – в гареме, – пошутил самый молодой из сотрудников.

— А что? Эта идея мне нравится, – поддержала его нервная блондинка Лара, – я не могу ее выдержать, у меня аллергия на нее. Ей явно нужен мужчина, и даже не один.

— Пожалуй, вы правы, – включился в разговор сотрудник, у которого была больна жена. – Но кто ей преподнесет путевку и по какому поводу? Она ведь у нас неподкупная.

— А мы ей преподнесем от имени фирмы, за ее добросовестную и самоотверженную работу, – опять проявил инициативу самый молодой сотрудник.

На него с восхищением посмотрели все коллеги и поручили ему заняться этим делом.

Паулина вернулась домой, как всегда, очень поздно, вытащила корреспонденцию из почтового ящика и, разбирая ее, увидела письмо из агентуры знакомств. В нем сообщалось, что институт разработал ее собственный гороскоп и подобрал максимально подходящий для нее тип мужчины. Далее, ей предлагалась встреча с ним в Английском парке, в воскресный день, на лодочной станции у озера.

Она отложила письмо в сторону и вслух возмутилась:

«На лодочной станции. Что я с ним, на лодке кататься собираюсь, что ли? Или у него на ресторан денег нет? Все нормальные люди встречаются в кафе или ресторане. Уже само предложение не в моем вкусе».

Она походила по комнате, попыталась чем-то заняться, но мысли все время возвращались к письму.

«Нет, я совершенно не собираюсь туда идти», – решительно сказала она сама себе. «Ну и дура, – возразил ей внутренний голос. – А вдруг это твой воображаемый принц? И вообще, почему бы не пойти просто посмотреть на него?»

После долгих колебаний любопытство взяло верх, и к назначенному времени она появилась на лодочной станции на своих роликах. Раздался радостный лай, на нее бросился огромный лохматый пес и, свалив на землю, стал облизывать ей лицо.

— Уберите собаку! Я ненавижу собак! – завопила она и вдруг увидела извиняющегося, с белыми зубами, незнакомца. Паулина осмотрелась вокруг в надежде увидеть своего принца, но кроме этого загорелого типа и его страшной собаки никого не было.

«Наверное, я пришла раньше», – подумала она, отряхиваясь и отъезжая от типа в сторону, ожидая обещанного агентурой партнера. Тип с собакой тоже не уходил и назойливо пытался с ней общаться, еле удерживая за поводок своего пса, которому Паулина явно понравилась.

– Если уж нас опять свела судьба, – скалился, как показалось Паулине, незнакомец, – может быть мы познакомимся?

– В судьбу я не верю. Это объяснение неудачниками своей глупости, – надменно ответила Паулина.

– Глупость – понятие относительное и она дана от Бога. А значит, дураки тоже необходимы, как и умные. Но поскольку дураков больше, то выходит, что они на земле нужнее, – пытался шутить незнакомец. – Если бы не было дураков, как бы вы узнали, что вы умная?

...Жму руки дуракам обеими руками.
В чем, в сущности, обязаны мы им?
Ведь если б не были другие дураками,
То дураками стать
Пришлось бы нам самим...

Не помню, кто написал, но верно, – процитировал тип чужие мысли.

— Но есть и другая пословица: «Лучше с умным потерять, чем с дураком найти», – холодно отпарировала Паулина.

— Как ни странно, теряют умные, а дуракам всегда везет, – не унывал незнакомец.

— Вы всегда такой болтливый? – не зная, что ответить, выпалила Паулина.

— Вы всегда такая остроумная? – спросил в свою очередь тип с собакой, ничуть не обидевшись. – Мне кажется, что мы с вами прекрасная пара на контрастах: дурак, – он показал театральным жестом на себя, – и умница, – тот же жест в сторону собеседницы. – Вы не представляете, как долго я ищу свою умную половину. Кстати, – вдруг что-то вспомнив, добавил незнакомец, – не вас ли ко мне прислала агентура знакомств, пообещав, что вы – это мой единственный подходящий вариант?

Паулина растерялась от неожиданного вопроса, но тут же спохватилась и с достоинством ответила:

— Нет, я проезжала мимо и хотела полюбоваться озером, но ваша собака мне помешала.

— Жаль... Вы забираете у меня последнюю

надежду хоть немного поумнеть.

Пропуская его фразу мимо ушей, Паулина надменно покатила на роликах от типа с собакой. Мыслями она время от времени возвращалась к незнакомцу и даже в глубине души пожалела о своем поведении. «Совершенно подурацки вела себя. Почему ты с ним не познакомилась? Да, он не красавец, но довольно интересный и веселый человек», – говорил внутренний голос. «Если он не соответствует моему идеалу, зачем я буду ему и себе морочить голову? Да еще эта жуткая собака. Ненавижу собак», – возразила она внутреннему голосу, поднимаясь на роликах в свою квартиру.

Паулина явилась в бюро, как всегда, минута в минуту, и с удивлением увидела, что никого нет на своих местах. Она посмотрела на свои часы, сверила их с настенными и, убедившись, что часы идут верно, возмутилась: «Безобразие! Как можно так пренебрежительно относиться к своей работе?»

Но тут прозвенел телефонный звонок и голос шефа попросил ее зайти в его кабинет. Ее появление было встречено громкими аплодисментами сотрудников и шефа, и она в полном удивлении и смущении прошла к столу.

– Уважаемая фрау Айзенман! – торжественно начал шеф. – Благодаря вам ваш отдел прекрасно поработал эти полгода и... как поощрение ваших руководительских заслуг фирма дарит вам путевку на Мальорку, чтобы вы погрелись в лучах солнца и весело провели время.

Все дружно зааплодировали, когда шеф передал ей конверт с билетами в теплые края. Пораженная фрау Айзенман впервые в жизни была растрогана вниманием подчиненных и шефа. Она вытерла ладошкой появившиеся слезы и дрожащим голосом проговорила:

– Спасибо... спасибо, дорогие. Я, право же, не заслужила... И потом, я ведь не одна работала. С моей стороны будет несправедливо воспользоваться этим подарком. Если вы не возражаете, пусть поедет на Мальорку наш самый младший сотрудник. Он в этом году особенно отличился, и для него это будет большой мотивацией. Тем более, что у меня на это время уже есть путевка в горы.

Все многозначительно переглянулись и остановили взгляд на младшем сотруднике. Он смущенно пожал плечами и, потупив глаза, принял подарок.

Паулина любила горы. Ее не тянуло в прекрасные далекие страны. Нигде она так хорошо не отдыхала, как в Альпах. Величественные, заснеженные горные вершины восхищали и неудержимо манили ее своим разнообразием, прелестью пейзажей, шумом ручейков и водопадов, цветением диких трав и цветов, устремленными ввысь, гигантскими деревьями. В любое время года для нее самый лучший отдых был – горы. И Паулина не могла изменить им даже ради прекрасной, теплой Мальорки, на которой она никогда не была.

Ранним утром, как только забрезжил рассвет, прикрепив на свой «БМВ» футляр с лыжами, она отправилась в сторону Альп, чтобы как можно раньше, и без столпотворения на автостраде, добраться до пункта и успеть съехать с еще не заезженных мест.

Хозяева маленькой гостиницы встретили ее радостно, как давнишнего друга, выделили ей удобную комнату с видом на долину и, пожелав хорошего проведения отдыха, занялись другими туристами. Паулина не стала терять время, одела лыжный костюм, спрятала в карман маршрутную карту и, отдав хозяевам ключи от комнаты, направилась к выходу. Владельцы гостиницы считали ее опытной лыжницей и нисколько не удивились, что она после таких коротких сборов отправляется одна с лыжами в Альпы.

Их интересовало только, по какому маршруту она идет и когда вернется.

– К обеду меня не будет, а к ужину я вернусь, – пообещала Паулина и отправилась по своему маршруту.

В нужный пункт она добралась наверх гондолой и оттуда ушла подальше от других туристов, чтобы первой нарисовать на снегу свежий след лыж. Ей нравилось лететь с горы по мягкому, блестящему снегу, врезаясь в него лыжами, а он, как волны, всплескивал с обеих сторон, оставляя за ней две длинные, темные полосы. Раскрасневшись от удовольствия, морозного горного воздуха, спортивного азарта и физического напряжения, она неслась с горы как опытный мастер, лавируя лыжами и меняя скорость.

Стало вечереть и фрау Айзенман, чтобы темнота не застала ее врасплох, возвратилась обратно к гондоле. Ей не повезло – она опоздала на последний рейс и решила спуститься вниз на лыжах. Она торопилась. Как только солнце скроется за горой, внезапно наступит ночь, и ей будет трудно добираться на лыжах к гостинице. Лыжница проехала мимо высоких елей, перебралась по мосту через замерзший ручей, спрыгнула с небольшого пригорка и вдруг на что-то приземлилась – то ли на камень, то ли на выступающий пень. Потеряв равновесие, она покатилась кувырком, подняв за собой небольшую лавину. Лыжи разлетелись в разные стороны. Ей пришлось напрячься, чтобы как-то противостоять ударам и ушибам. В этот момент она не чувствовала страха, только жуткую боль и хлопья снега, забивающие рот, глаза, уши...

Когда Паулина пришла в себя, на черном небе горящие звезды и такая же яркая луна висели так низко, что казалось, можно до них дотянуться рукой, но их сияющая красота вызывала ощущение таинственного страха, холода и одиночества. Скованная в снежном комке, она не могла пошевелиться. От тупой боли в ноге у нее вырвался невольный стон. Сколько часов ей пришлось так лежать, она не знала. Ей казалось – вечность. «Господи! Неужели конец?! – с ужасом подумала Паулина. – Вот так погибнуть, впечатанной в холодный снег... Господи, помоги...» Она не была верующая, но, очевидно, человек в экстремально-трагических случаях, словно утопающий цепляясь за соломинку, беспомощно взывает к невидимым высшим, сверхчеловеческого понимания, силам.

На одно мгновение ей показалось, что она слышит лай собаки, и она восприняла это как начало галлюцинаций. «Хоть бы собака... Собака – преданное существо, я была бы ей хорошей хозяйкой. Лишь бы не одна в этой холодной глуши», – с отчаянием прошептала она. Лай приближался, и внезапно она почувствовала теплое дыхание собаки и мокрый горячий язык на своем лице. Собака стала яростно разгребать ком снега, которым была скована лыжница. «Дорогая! Родная! Любимая!» – шептала Паулина, объясняясь в любви собаке.

— Нашел, Плутон, молодец! – услышала она голос подошедшего. – Не бойтесь, он не кусается. Он у нас спасатель.

Горы были укутаны в темноту, и снег легонько поблескивал при лунном свете. Хозяин собаки положил свой ручной фонарь в снег и начал помогать Плутону разгребать лыжницу.

Когда она была наконец освобождена, он достал алюминиевую бутылку и заставил ее выпить глоток коньяка. Яркий луч фонаря струился по снегу, но Паулина никак не могла разглядеть своего спасителя, который сидел перед ней большой, темной глыбой.

— Все у вас в порядке? – осведомился он.

— Нога. Сильно болит нога, – еле слышно ответила Паулина.

— В таком случае не пытайтесь подняться. Я вызову помощь, – предупредил спаситель и, достав мобильник, позвонил товарищам.

Собака улеглась рядом с ней и положила свою огромную морду на ее тело.

— Как вас зовут? – спросила Паулина своего спасителя.

— Вальтер Баерле, а вас? – охотно поддержал знакомство незнакомец.

— Паулина Айзенман. Плутону и вам я обязана своей жизнью. Вы не представляете, как я вам благодарна! – искренне и с непривычной ей сердечностью благодарила Паулина Вальтера.

— Не стоит благодарности. Это мой долг. Зимой я спасатель в горах, летом – спасатель на озерах или при землетрясениях. Это мое «хобби», а Плутона – профессия. Если вы не возражаете, мы с Плутоном навестим вас в больнице. Вы ему, как я вижу, очень понравились, – засмеялся Вальтер, глядя на своего пса.

Довольно быстро появился вертолет, на котором Паулину отправили в ближайшую больницу, где после всех исследований ей наложили на ногу гипс и отвезли в отдельную палату. Она отдыхала от стресса, напряжения и от всего пережитого.

На следующий день в комнату постучали, дверь приоткрылась... и на пороге, к полному изумлению Паулины, появился тот самый незнакомец из Английского парка, с белыми зубами и с огромной лохматой собакой. Одной рукой он еле удерживал своего пса, который рвался с поводка, а в другой он держал букет больших красных роз.

Паулина и незнакомец некоторое время изумленно смотрели друг на друга, а затем, как по команде, одновременно воскликнули:

– Как! Это вы?!

Наверное от неожиданности, незнакомец выпустил поводок. Собака, виляя радостно хвостом, бросилась к кровати, и Паулина ощутила горячий язык на своем лице...

– Плутон! Мой милый Плутон, – скорее почувствовала, чем узнала она своего спасителя.

– А вы не верили в судьбу, – пришел в себя от изумления Вальтер. – Я же говорил, что дуракам везет. Вот мне и повезло с вами познакомиться, хотя и при очень необычных обстоятельствах. При лунном свете я вас не узнал, а Плутон вас и ночью узнал в снегу. Что бы я без него делал?

Паулина слушала его улыбаясь. «Почему он показался мне вначале страшилищем? Он очень даже симпатичный и интересный мужчина», – думала она про себя. И вспомнив о недавнем происшествии, она погладила лохматую собачью морду и прошептала: «Да, судьба!»

– Вы Плутону еще при первой встрече понравились, – ставя цветы в вазу, говорил Вальтер. – И если бы он мог говорить, он попросил бы вас стать его хозяйкой. Правда, Плутон?

Плутон радостно завилял хвостом, подтверждая слова хозяина.

ПОСЛЕДНЯЯ ЖЕРТВА

Двое мужчин приблизительно тридцати пяти лет сидели за столиком дорогого ресторана, пили из фужеров шампанское, наблюдали за танцующими на танцплощадке перед оркестром, балагурили и громко смеялись. Один из них, по имени Борис, выглядел как с журнальной обложки: великолепный фирменный костюм сидел на его изящной фигуре безукоризненно; прическа густых черных волос была шедевром парикмахерского искусства; тонкие черты лица, чувственный рот, прямой нос создавали впечатление неотразимого и рокового мужчины; и только цинично-ироническое выражение физиономии и карие нагловатые глаза выдавали сущность самовлюбленного эгоиста и беспринципного обольстителя.

Его друг Сергей внешне был полной противоположностью ему: коренастый, с короткой крепкой шеей, лысоватый, в меру упитанный, с растущим животиком, веселый лоботряс, любитель развлекаться за чужой счет. Серега был постоянным спутником и соучастником всех увеселительных мероприятий, которые щедро оплачивал Борис, и единственной обязанностью его было – поиск богатых невест. Борис в очередной раз развелся, оставив богатую женщину без гроша, и прожигал уже несколько месяцев добытые «непосильным трудом» деньги бывшей жены.

Красавец проглотил последний кусок жареного бифштекса, вытер салфеткой рот и спросил друга:

– Ну, так как там у нас дела с новой кандидатурой? Думаю, ты не зря притащил меня в этот дорогущий ресторан, чтобы мы оба опробовали их меню?

– Да, я тебя не зря привел в этот ресторан. Видишь, через столик справа от тебя сидит крепенькая молодая особа, ее зовут Розалия Дучкан, – оторвавшись от еды и глотнув из фужера, показал Серега кивком головы в направлении столика крепкой блондинки лет тридцати. – Кстати, ты мне должен тысячу евро. Такую сумму я отдал нашему информатору.

Борис повернул голову вправо и с интересом стал рассматривать даму, гипнотизируя ее своим роковым взглядом до тех пор, пока их глаза не встретились. Он улыбнулся ей и легким поклоном головы поприветствовал. Сергей продолжил тихим голосом, подавшись слегка вперед:

– Она имеет свой бизнес, огромный особняк, квартиру в центре города, в общем – клад, а не баба, да еще сравнительно молодая и, как видишь, хороша собой.

Борис поднял руку, щелкнул пальцами, подозвав официанта, и попросил принести бутылку лучшего шампанского на стол к блондинке. Официант принес заказанное даме, поворотом головы показал от кого, и ушел обслуживать других посетителей ресторана. Борис слегка поклонился ей, не спуская с нее пристального взгляда, затем встал и подошел к ее столу.

– Вы позволите сесть за ваш столик? – спросил разрешения Борис, стараясь говорить приятным поставленным голосом. В свое время он занимался в драматическом кружке.

— Присаживайтесь, – рассматривая с интересом красавчика, предложила дама и добавила: – Благодарю за шампанское.

— Не стоит благодарности. Я искал возможность с вами познакомиться, вы мне очень понравились, – садясь за стол и глядя в глаза женщины обвораживающим взглядом, ответил ловелас. – Позвольте представиться, меня зовут Борис Обмальский.

— Очень приятно. Меня зовут Розалия Дучкан, – ответила блондинка, спокойно глядя в его глаза.

— У нас есть повод отметить наше знакомство. Вы не против, если я открою эту бутылку шампанского? – предложил Борис и взялся открывать дорогой напиток.

— Чем вы занимаетесь, Борис? – поинтересовалась Розалия после того, как тот разлил по фужерам шампанское.

— У меня свой небольшой бизнес. Я покупаю за границей подержанные легковые машины и перепродаю здесь. На жизнь хватает. О, простите, Розалия, я совершенно забыл о моем друге и партнере по бизнесу, позвольте его познакомить с вами и пригласить за ваш столик?

Розалия благосклонно кивнула головой, не отводя от Бориса своих умных глаз, и этот прямой и смелый взгляд обеспокоил его. Инстинктивно он понял, что с этой женщиной ему придется трудно, она – крепкий орешек. Однако, чем труднее задание, тем радостней успех. Он сделал знак рукой своему другу, позвав к столу. Серега не замедлил присоединиться.

– Позвольте представить, мой друг Сергей.

– Очень приятно, – церемонно целуя руку Розалии в театральной манере, проговорил Серега.

Он сел за стол, и друзья заученными приемами развлекали свою собеседницу, ведя легкую беседу, главная роль в которой была отведена Борису. На фоне Сереги его эрудированность, элегантные, слегка небрежные манеры, тембр голоса, неотразимая внешность, должны были завлечь в сети любви очередную его жертву.

За приятными разговорами время прошло быстро, и Розалия поднялась со стула:

– Мне было очень приятно с вами познакомиться. Я прощаюсь с вами, мне пора домой.

Оба друга встали вслед за ней и Борис предложил:

– Если позволите, я провожу вас.

– Нет, благодарю вас, но домой я пойду одна. Если у вас есть визитная карточка, я буду рада вам позвонить.

Борис не стал настаивать на своем предложении проводить ее, а торопливо полез во внутренний карман пиджака, достал визитку и протянул Розалии со словами:

– С большим удовольствием и нетерпением буду ждать вашего звонка.

Он не попросил ее визитную карточку и был полностью уверен в том, что она завтра же ему позвонит. Однако дни шли, а от нее – ни ответа, ни привета. У него испортилось настроение, которое он срывал на своем друге, обвиняя его необоснованно в неудаче с богатой клиенткой. Она не появлялась в ресторане, и Серега только издали наблюдал за шикарной машиной, отвозящей и привозящей ее к работе и обратно в сопровождении своего громилы-телохранителя.

– Ничего не понимаю! Я ведь точно видел, что нравлюсь ей. Я был уверен в этом. Не могу понять, что ее спугнуло. Может быть, ты что-то ляпнул не то, – негодовал Борис.

– Ну что ты?! Ты же слышал, что я говорил, и вообще, я почти все время молчал, говорил в основном ты, – оправдывался Серега.

Друзья уже было свыклись с мыслью своего поражения, но в середине следующей недели Розалия внезапно позвонила и предложила Борису встретиться в том же ресторане. Неожиданная удача их замысла привела мужчин в ликование. Они немедленно отправились отметить свой успех в веселое заведение, где было много музыки, девочек и возбуждающих напитков.

В назначенное время Борис появился у столика Розалии в том же ресторане, где он с ней познакомился, с большим букетом алых роз и, церемонно протянув ей цветы, проговорил, пронзая ее неотразимым взглядом:

– Вы не представляете, как я рад вас видеть. Все эти дни я ругал себя, что не взял у вас номер телефона. Я ждал вашего звонка каждый день.

– Прекрасные розы. Благодарю.

Розалия взяла букет, полюбовалась им, понюхала и, подозвав официанта, попросила поставить цветы в вазу.

– У меня были очень неотложные дела, связанные с бизнесом. А так как у меня два больших бизнеса, мне приходится заниматься ими параллельно, и времени абсолютно не хватает. Слава Богу, бизнес успешно процветает и с большой прибылью. Вы, как никто, должны меня понимать, ведь у вас тоже бизнес.

– Конечно, я вас понимаю, но, как бы я не занимался работой, я думал только о вас. Я вспоминал ваши глаза, ваш голос. Я просто не мог вас забыть. И сейчас очень рад видеть вас перед собой. Это – любовь с первого взгляда. Я никогда не думал, что такое бывает.

– Ну что ж, пора и поужинать, – прервала Розалия признания Бориса и взяла меню. – Я очень голодна.

Борис открыл меню и тоже стал выбирать себе ужин. Цены заставили его задуматься: «Если каждый день я буду с этой матроной обедать в таком ресторане, то прогорю очень быстро. Надо будет выискивать дешевые забегаловки для нее, но сегодня надо раскошелиться и блеснуть в ее глазах».

Розалия заказала самые дорогие блюда и бутылку самого дорогого вина, которые только были в этом ресторане. «Губа не дура у этой матроны», – подумал Борис и, чтобы не упасть в грязь лицом в ее глазах, выбрал блюдо с не меньшей стоимостью. «Мне надо ее затащить в кровать. Думаю, что после бутылки вина проблем не будет», – размышлял Борис, глядя на Розалию влюбленными глазами.

Слегка охмелев после вина, Розалия стала более расслабленной и откровенной. Во время ужина бизнес-леди рассказывала, как велико ее состояние, где и какие виллы и яхты у нее по всему свету. Она потянулась к Борису через стол и прошептала:

— Скажу тебе по секрету, я миллиардерша. Но это только между нами. Даже мои родственники этого не знают.

У Бориса сильнее забилось сердце – не то от радости, не то от страха упустить такую богатую особу.

— Пожалуй, мы уже хорошо поужинали и можно уходить, – заключила она, махнула рукой официанту и встала из-за стола. – Пока ты будешь расплачиваться, я схожу в туалет.

Борис допивал бокал вина, когда официант протянул ему счет и, увидев сумму оплаты, поперхнулся и закашлялся. Откашлявшись, он вытащил из кошелька деньги, расплатился и с наигранной улыбкой произнес:

— Мне кажется, мы съели еду из чистого золота.

Официант ничего на это не ответил, вежливо улыбнулся, поблагодарил и отправился к следующим посетителям.

Когда они выходили из ресторана, за ними увязался огромный, убойный парень, и у Бориса появилось неприятное ощущение страха. Он максимально вежливо обратился к преследователю:

— Молодой человек, что вы хотите?

— Не волнуйся, дорогой, это мой телохранитель. Ты же знаешь, такая, как я, особа должна быть осторожна, – успокоила Розалия Бориса, взяв его под руку и прижавшись к нему.

— Я бы хотел побыть с тобой вместе наедине без свидетелей. Пойдем ко мне в мою квартиру. Она, конечно, не особняк, но нам вместе будет в ней хорошо, – предложил Борис, косясь на телохранителя.

— Ах, нет! Я предпочитаю побыть с тобой в шикарном отеле. Квартиры, особняки – это не романтично. Совсем другое дело – отель с прекрасным обслуживанием. Ты пригласишь меня в отель «Люкс», не правда ли?

— Конечно, дорогая... только я боюсь, что у меня при себе нет таких денег. Давай, в следующий раз я поведу тебя в «Люкс», а сейчас пойдем ко мне или к тебе, хорошо? – пытался уговорить Борис Розалию.

— Нет, нет, нет! Только в «Люкс» и только сегодня, или никогда! Могу же я свою первую ночь с таким красивым мужчиной провести там, где я хочу! – возбужденно запротестовала Розалия.

– Хорошо! В «Люкс», так в «Люкс»! Поедем в моем «Мерседесе» или в твоем «Бьюике»?

– Нет! Вызови белый лимузин! Мы поедем в нем, и по дороге будем пить шампанское! Только не говори, что у тебя нет денег, я сразу же уйду, и ты больше меня не увидишь.

– Нет, нет, все в порядке, – поторопился заверить ее Борис, достал мобильник и вызвал белый лимузин.

Огромная шикарная машина подъехала к ресторану, водитель открыл дверь авто, впустил пассажиров, телохранитель сел рядом с водителем и лимузин тронулся.

– Вы, пожалуйста, не сразу везите нас в «Люкс». Сначала повозите нас по городу, – приказала водителю Розалия и попросила Бориса открыть шампанское.

Борис открыл шампанское, разлил по фужерам, проклиная в душе «матрону».

– Давай выпьем на «брудершафт», моя любимая. Я так счастлив быть с тобой в этом лимузине.

Они выпили на «брудершафт». Борис в мыслях подсчитывал приблизительные убытки своих денег. «Ну и запросы у этой матроны, если так дальше будет продолжаться, она меня оставит голым. Надо срочно переходить в наступление».

— Дорогая, любимая, – он поставил свой пустой фужер и нежно взял ее руку, – я умоляю тебя, выходи за меня замуж. Я не смогу жить без тебя.

— Как? Так сразу? – смущенно удивилась Розалия. – Но ведь ты меня еще совсем не знаешь, да и я тебя тоже. Нет, мы должны немного подождать.

— Нет, я не могу ждать... Просыпаться в кровати вместе с тобой – это моя мечта. Я не могу и дня прожить без тебя. Ты для меня – все!

— Ты действительно меня так любишь? Интересно... Готов даже свои сбережения мне отдать?..

— Я готов тебе отдать все! – с чувством ответил Борис, а про себя подумал: «Ту мелочь, которая у меня есть, я тебе отдам, мадамочка, а вот твои миллиарды потом зацапаю, будь уверена».

— Хорошо... Я подумаю... Какая сумма у тебя в банке?

— Ну... в сравнении с твоей у меня мелочь огородная – всего лишь миллион...

— Я же сделаю из твоего миллиона миллиард. Надеюсь, ты будешь не против? – пообещала Розалия.

– Конечно, дорогая, кто же откажется от больших денег.

Лимузин остановился у отеля «Люкс», Борис заплатил водителю должную сумму и с волнением подсчитал остаток денег в кошельке. «Должно хватить на сегодня, а там посмотрим. Не хочется потратить сбережения на эту мадам зазря», – подумал Борис, и последовал за телохранителем и Розалией по центральной лестнице в отель «Люкс». Портье распахнул перед ними с поклоном дверь, пропуская их внутрь.

– Борис, не забудь дать портье чаевые, приблизительно долларов пятьдесят–сто, здесь так положено, – прошептала Розалия Борису на ухо.

«Ничего себе чаевые! Не надо никакие институты заканчивать или искать таких как она, куриц фаршированных. На такие чаевые можно жить с шиком». Борис остановился, медленно достал кошелек, ожидая, что Розалия в это время пройдет далеко вперед и ему удастся избежать выплаты чаевых. Однако Розалия остановилась в ожидании. Ему ничего не оставалось делать, как вытащить пятьдесят долларов и протянуть их портье. Портье выпучил глаза от такой щедрости, потому как такие чаевые ему редко перепадали, долго благодарил и кланялся.

Они подошли к регистрационной стойке и Розалия с присущей ей деловой уверенностью и манерой говорить, не терпящей возражений, заявила:

— Нам нужен один номер люкс и однокомнатный номер рядом для моего телохранителя. Оплату запишите на господина Обмальского, Бориса, – она мило улыбнулась Борису и предложила ему дать регистратору свой паспорт.

— У нас есть один люкс-номер и один однокомнатный рядом на втором этаже, если желаете, – предложила регистратор, поглядев в регистрационную книгу, и взяла паспорт Бориса. – Только оплатить я прошу вперед.

— Да, да, конечно, – ответила Розалия и обратилась к Борису: – Дорогой, оплати, пожалуйста.

Борис полез за своим кошельком во внутренний карман, при этом мысли его были самые отрицательные в адрес Розалии. Но ничего не могло заставить его отречься от поставленной цели.

Розалия, не ведая о его мыслях, с небрежной грандиозностью взяла протянутые ей ключи, и они вместе с телохранителем отправились по своим номерам. А Борис, попросив разрешения, удалился на некоторое время по важному делу. Из номера Розалия тут же заказала хороший ужин и самое дорогое шампанское, записав все на счет Бориса Обмальского. Оглядев комнату восторженным взглядом, женщина произнесла: «Какая прелесть! Жаль, что редко приходится проводить время в таком шике, и парень действительно красив... Пожалуй, я с ним развлекусь...» – и, усевшись уютно в кресло, она стала ждать прихода Бориса.

Вскоре Борис появился в номере и, подойдя к креслу, на котором сидела Розалия, стал перед ней на колено, вытащил из кармана только что приобретенную бархатную коробочку и красивым голосом произнес:

– Любимая Розалия, будь моей женой, моей любовью, моим всем на этом свете. Я безумно люблю тебя.

Розалия взяла коробочку, открыла ее и восхитилась прекрасным кольцом с изумрудным камнем. Она нежно обняла Бориса и прошептала:

– Благодарю тебя, любимый, я согласна, но с условием, что ты все свои сбережения переведешь со своего счета на мой, чтобы я была уверена, что ты женишься на мне не из-за моих миллиардов.

— Я согласен, дорогая, завтра же пойдем в загс и подадим заявление, после чего я переведу на тебя все свои деньги.

— Договорились, мой любимый.

Розалия позволила себя раздеть, положить в кровать и ласкать... В ласках Борис был очень изощрен и изобретателен. У нее захватывало дух. Трепеща от возбуждения, она с силой потянула его на себя, и они слились в одно целое, издавая возгласы удовольствия и восторга. Потом внезапно оба вскрикнули, будто от боли, и блаженно застонали... Все стихло. Пара лежала несколько секунд друг на друге, и не было сил разъединиться. Затем, поцеловав ее страстно в губы, Борис лег рядом и произнес:

— Ты самая прекрасная женщина, которую я встречал. Я безумно тебя люблю.

Они удивительно прекрасно подошли друг другу и телом, и душой, и провели эту ночь в отеле просто незабываемо фантастически. Утром он и она лежали рядом и смотрели друг на друга глазами, полными восхищения. Но вдруг страсть вновь овладела ими, они снова бросились друг к другу и повторили все наслаждения прошлой ночи с максимальной силой и энергией...

В ресторане при отеле влюбленная парочка вместе с неизменным телохранителем плотно, вкусно и очень дорого позавтракали. Борис, конечно же, оплатил счет, и затем они все вместе отправились на лимузине в загс подавать заявление. Выйдя из загса, Розалия поцеловала Бориса и проговорила:

– Вот мы и подали заявление. Я так счастлива, что скоро буду твоей женой, мой красавчик. А теперь, как мы договорились, поехали в банк, и ты переложишь свой капитал на мой счет.

– Конечно, дорогая, однако, я тоже должен иметь какие-то гарантии, что до женитьбы ты от меня не сбежишь...

Розалия рассмеялась, вытащила из сумочки свой паспорт, протянула ему и сказала:

– Вот моя гарантия. Я отдаю тебе мой паспорт до женитьбы, и ты можешь быть уверен, что я от тебя не убегу.

Они приехали в банк, и Борис с горечью в сердце все-таки перевел остатки своего капитала на номер счета фирмы Розалии.

– Я люблю тебя, дорогой. Паспорт ты мой имеешь, я подвезу тебя домой и поеду на фирму, дела не ждут. Теперь и твой капитал пойдет в оборот, и у тебя скоро будет не миллион, а несколько десятков миллионов. Встретимся вечером у тебя.

Лимузин подвез Бориса к дому, где он проживал в двухкомнатной квартире, которую забрал у своей бывшей жены, заставив ее обманом подписать дарственную на свое имя. Парочка пылко попрощалась с клятвенными словами о вечной любви, и они расстались...

Розалия сидела в кресле в красиво и уютно обставленной квартире перед журнальным столиком, на котором стояла бутылка шампанского с двумя наполненными наполовину фужерами, и рассматривала кольцо с изумрудом на пальце. Она глубоко вздохнула и произнесла:

– Кольцо, действительно, красивое...

Напротив нее сидела миловидная женщина сорока лет и довольно улыбалась. Она взяла свой фужер со стола и произнесла:

– Давай, дорогая сестричка, выпьем за нашу с тобой удачную работу.

Дамы чокнулись, сделали пару глотков, и хозяйка уютной квартиры продолжила:

– Я восхищена твоим талантом и очень удивлена твоему полному успеху, Людочка, или лучше – Розалия? – женщина весело засмеялась. – Ты прекрасная актриса, сестричка, я тобой восхищена. В театре ты играешь великолепно, но я не думала, что ты так же хорошо сыграешь роль миллионерши и в жизни. Хотела бы я видеть лицо Бориса сейчас.

— Да... Ему не позавидуешь... Остался совсем без ничего... – немного с сочувствием отозвалась Людмила-Розалия. – Однако, он чертовски красив, и я могла бы в него легко влюбиться, если бы не знала, на что он способен, и что любовь такие, как он, не ценят...

— Ну ты ведь знаешь, мало того, что он бросил меня и разбил мне сердце так, что никакие деньги не могут искупить эту сердечную боль любви... к тому же он женился на мне, исключительно только чтобы украсть мои деньги... Теперь он получил то же самое в ответ. Как мы и договаривались, делим добычу поровну, а все расходы, связанные с этим делом, включая и зарплату нашему братцу-телохранителю, я беру на себя.

— Прекрасно! Я уже перевела тебе весь твой капитал, кроме моей доли. Не забудь приписать к расходам потерю моего фальшивого паспорта, – звонко засмеялась Людмила-Розалия. – Завтра я возвращаюсь в Европу и буду ждать тебя в гости, дорогая сестричка. Интересно, что он будет делать с моим фальшивым паспортом? Поделом ему! Будет знать, как наших сестричек обижать!

Обе дамы громко рассмеялись, звонко чокнулись фужерами и с удовольствием выпили дорогое шампанское.

ВОР

Глава 1

В семье крупного предпринимателя Хубер произошла большая трагедия: их единственная двадцатилетняя дочь Хельга попала в автомобильную катастрофу и уже неделю лежала в больнице в состоянии между жизнью и смертью. Родители сидели в коридоре возле палаты дочери: мать тихо рыдала, вытирая слезы зажатым в ладони батистовым носовым платком; отец, то садился рядом с ней на стул и обхватывал нервно голову руками, то опять вскакивал и нетерпеливо ходил по коридору взад и вперед в ожидании результата очередного осмотра доктора. Врачебный обход пациентов окончился, и доктор Кюглер подошел к родителям Хельги.

– Хочу сообщить, что общими усилиями нам

удалось вывести вашу дочь из критического состояния и теперь ее жизнь вне опасности.

Родители с глубоким радостным вздохом душевного облегчения бросились друг другу в объятия. Доктор терпеливо ждал окончания их эмоционального порыва и, когда они обратили на него свои взоры, он продолжил:

– Однако я должен вас огорчить: ваша дочь не сможет ходить... Ее ноги парализованы...

Излишне описывать состояние родителей в этот момент. Только те из читателей, кто имеют детей, могут это прочувствовать... А те, кто не имеют, могут себе представить. Родители были в шоке от такой новости и некоторое время безмолвно стояли перед доктором, глядя на него глазами полного отчаяния. Отец первым пришел в себя, вытер носовым платком вспотевший лоб и спросил:

– Может быть со временем можно ее вылечить?..

– Никто не знает... Вполне возможно, что со временем все может восстановиться, но пока... к сожалению, я не могу вам дать никакой гарантии. Во всяком случае, нужно постоянно заниматься физиотерапией.

Перед выпиской дочери из больницы отец Хубер слегка переоборудовал свой роскошный особняк, добавив внутри дома лифт и все удобства для дочери-инвалида.

Хельгу забрали через неделю совершенно в плохом моральном состоянии. Она отказывалась есть и пить, ни с кем не хотела разговаривать и требовала, чтобы ее умертвили... Навещавший ее каждый день психиатр не мог ничем помочь и каждый раз уверял, что Хельге требуется больше времени для лечения ее психики.

Однажды ночью, собрав все свои силы, Хельга выползла на балкон и попыталась перевалить себя через перила, но не смогла и всю ночь пролежала на балконных плитках. После этого родители переселили ее на верхний этаж в комнату без балкона, но с большим окном на потолке, выходящим на крышу, которое всегда было приоткрыто. В безоблачные ночи Хельга видела звезды, а когда лил дождь или ярко светило солнце, автоматические жалюзи прикрывались и защищали окно.

За девушкой, как за беспомощным младенцем, ухаживала тридцатилетняя женщина Сара с медицинским образованием. Она купала ее, одевала, спускала три раза в день в столовую на лифте, прогуливала по парку недалеко от дома, давала успокоительные капли и делала уколы на ночь.

Как всегда, после обеда, Сара повезла Хельгу гулять по парку в инвалидной коляске, и что-то ей рассказывала. С равнодушным безразличием девушка слушала и смотрела перед собой.

– Посмотрите, какая красивая птичка и как она прекрасно поет, – остановила инвалидную коляску Сара и показала рукой на птичку, сидящую на дереве.

– Сара, вы не могли бы мне оставлять снотворное и успокоительное в капельках без того, чтобы я при вас их принимала.

– Не положено, дорогая Хельга.

– Сара, сделайте мне укол, чтобы я умерла...

– Ну что вы, Хельга! Вы такая красивая, молодая, вам еще жить да жить...

– Жить да жить? Вот в таком виде? Вы это говорите, потому что не с вами это случилось. Я бы посмотрела на вас, если бы вы были на моем месте.

Сара ничего не смогла возразить, поджала губы и повезла Хельгу дальше.

После ужина, уложив Хельгу в кровать и подождав, когда она выпьет свои успокоительные капли, Сара пожелала ей спокойной ночи и вышла из комнаты. Хельга выключила настольную лампу и долго рассматривала звездное небо в широком окне потолка.

Вдруг она увидела силуэт человека и услыхала легкий скрип открывающегося окна. Нет, она не испугалась, только удивилась, кто бы это мог залезть на крышу?

«Бандит! Вот он – мой спаситель, пришел за моей душой», – подумала она и, подождав, когда человек спустится в комнату, включила свет.

Пришелец резко повернулся к кровати и тихо зашипел:

— Лежи тихо и не кричи, а то задушу.

— Давай, души, только быстро, а потом будешь спокойно грабить, – прошептала Хельга, чтобы никто за дверью ее не услышал.

— Ты че? Ненормальная? Жить надоело, что ли? Так пойди утопись или с крыши свались, или вены себе перережь. А то, ишь какая, хочет на кого-то грех повесить.

— Если ты сейчас же меня не задушишь, буду кричать, – так же шепотом ответила Хельга.

Пришелец бросился к кровати и прикрыл Хельге рот рукой.

— Ты че, дура? Я же не убийца, а вор. Пришел взять, что не так лежит... Жить в таком богатом доме – одна мечта: ешь и пей сколько хочешь! А ты умереть хочешь?! Точно ненормальная!

Хельга оттолкнула его руку и проговорила:

— Конечно ненормальная, если я без ног.

— Да миллионы людей без ног – и живут, да еще как живут! У меня друг инвалид безногий, так он на танцы ходит в своей инвалидной коляске, и стихи пишет, и спортом занимается, и с девушкой встречается, кстати, еще и работает. Ты живешь во дворце, можно сказать, с прислугой, и жить не хочешь. Вот так и есть – ненормальная. Да тебе пахать надо, самой все делать, без прислуги, и сразу жить захочется. Такой красивой девушки, как ты, я еще не встречал. Жаль, что я уже только вор, иначе сейчас бы унес тебя с собой и заставил забыть, что у тебя нет ног.

— Так возьми меня с собой.

— Куда? У меня ничего нет. Живу в маленькой комнате, похожей на конуру, без денег, без работы... Вот ворую по домам. Так и перебиваюсь. Ничего пока девушкам предложить не могу.

— Как? Совсем ничего? – с ироничной улыбкой спросила Хельга.

– Совсем ничего. А че ты так лыбишься? Ты думаешь, я вру?

– Я совсем другое имела в виду...

– Не понял... – с удивленным непониманием ответил пришелец.

– Ты пришел у меня что-то взять, так?

– Ну, да...

– А чем будешь со мной расплачиваться?

– Как чем? Ничем...

– Ну нет, дорогой, так не пойдет! Сначала заплати, а потом я скажу, где что взять.

– Так... у меня же денег нет...

– А в брюках что у тебя без дела болтается? Если уж не можешь задушить, так доставь удовольствие и займись со мной сексом.

– Ты серьезно, что ли, без подвоха? – опешил пришелец.

– А что, с инвалидкой любовью заниматься брезгуешь? – так же иронично спросила Хельга.

– Да ты что? Для меня ты такая красивая, как королева. Просто ты достойна совсем не такого, как я... никчемного...

– Да или нет? – требовательно переспросила Хельга.

– Да... если ты хочешь...

Пришелец разделся догола, и Хельга невольно залюбовалась его спортивным, красивым, загорелым телом. Он подошел к кровати, откинул одеяло, быстро снял с Хельги ночную рубашку, потом прильнул к ее губам и сильными руками нежно обхватил ее груди. Хельга замерла от приятного прикосновения. Он полизал соски, пососал их, и она, застонав от неописуемого чувства сладострастия, прильнула к его губам в страстном поцелуе, обхватив его сильное тело крепко руками.

Их тела слились в одно целое и в ритме желаний бесконечного счастья извивались навстречу друг другу, ускоряя темп. Вдруг она зарычала, как львица; тело ее задергалось в оргазме, который она впервые в жизни с восторгом испытала. И вслед за ней сотрясся в оргазме пришелец, после чего оба замерли.

Они лежали рядом, утомленные и довольные. Он держал ее руку в своей, целовал ее и восхищенно говорил:

– Так, как с тобой, у меня еще никогда не было.

Он опять прильнул к ее губам, и они долго целовались.

BOP

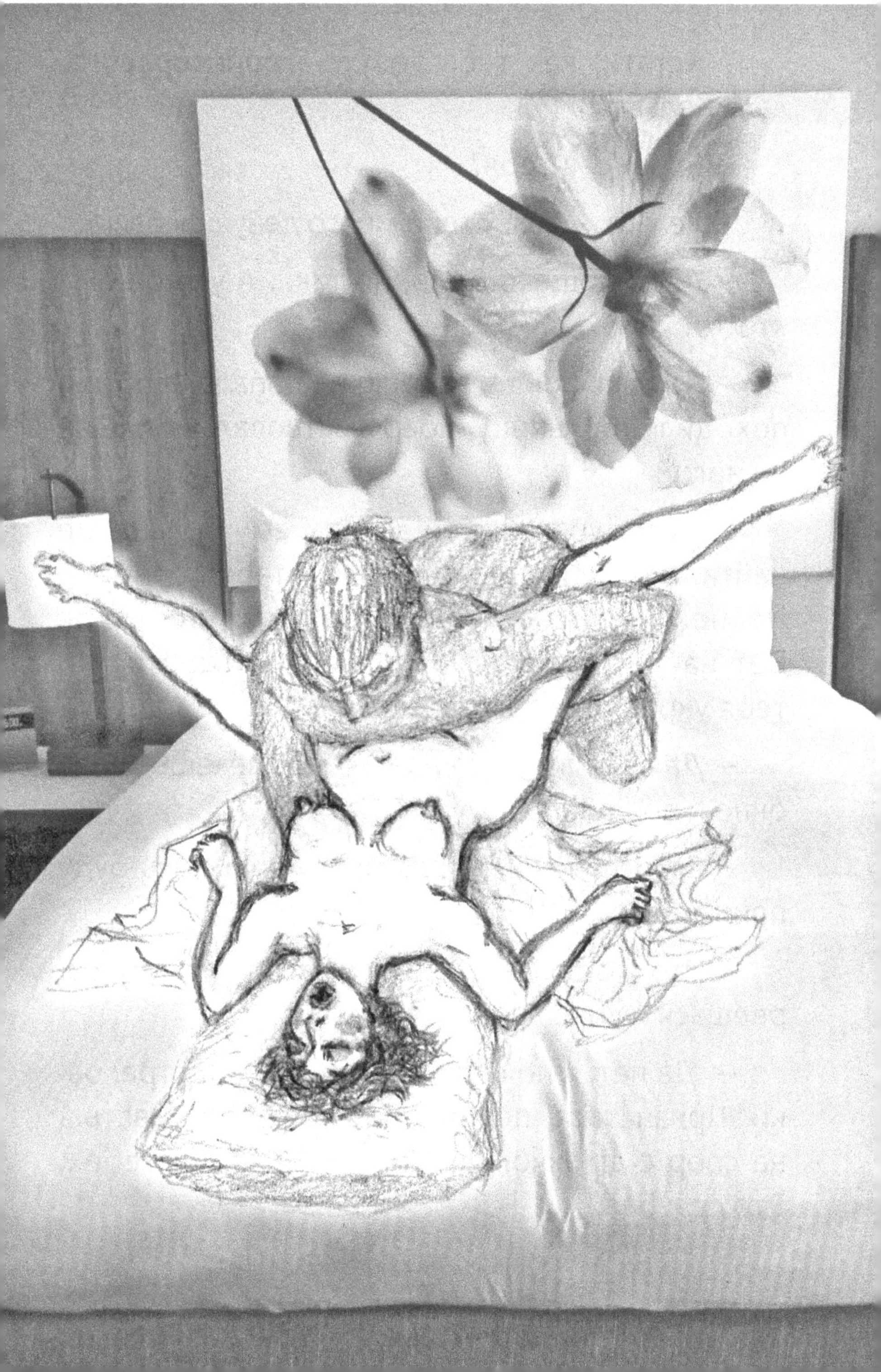

– Кстати, как тебя зовут? – поинтересовалась Хельга.

– Роланд, а тебя?

– Хельга. А что, у тебя много девушек было?

– Да, в общем, были, но так... А у тебя был кто-то?

– Да был, пока в аварию не попала, а потом походил в больницу, посочувствовал и больше ни ногой.

– Ну и дурак! Такой, как ты ему больше не найти. Вот увидишь, он опять к тебе вернется. Но, пожалуй, я постараюсь ему тебя не отдать. Вот найду работу, сниму сносную квартиру и тебя украду. Ты согласна?

– Да врешь ты все... Сейчас вылезешь через окно и прощай.

– Если хочешь, я к тебе каждую ночь буду прилезать.

– Это же опасно, на третий этаж лазать, сорвешься и убьешься.

– Да нет, я по горам лазаю без подстраховки. Признаться, первый раз пошел воровать... на спор с дружком... И попал прямо к тебе... Это судьба...

— Знаешь-ка, возьми там, в комоде, мои украшения – ты заработал и уходи! – приказала Хельга парню серьезным тоном.

— Да ты что?! От тебя я ничего не возьму. Скорее, отдал бы все... Тогда я пошел, до свидания, Хельга. Я... люблю тебя.

— Да-да, любишь... – грустно выговорила она и продолжила: – Прощай, Роланд, желаю тебе успехов.

Глава 2

Утром Сара, как всегда, зашла к Хельге в комнату, чтобы помочь ей с утренним туалетом и приготовлением к завтраку. Хельга уже проснулась и была в заметно хорошем настроении. Она попросила Сару приготовить ей ванную и обязательно влить в воду розовый шампунь, чем очень удивила помощницу. Но еще больше удивилась Сара словам Хельги.

— Я хочу, чтобы от меня хорошо пахло, – сказала Хельга, весело улыбаясь.

Сидя в ванной, она напевала какую-то песню, а после купания, усевшись с помощью Сары в инвалидную коляску, подъехала к шкафу, выбрала сама себе платье, сама одела его, покрасовалась перед зеркалом и, обратившись к Саре, проговорила:

— Спасибо Сара, я сама спущусь вниз к завтраку и гулять в парке буду сегодня одна.

Сара совсем растерялась:

— Как же... без меня? Не положено...

— Все положено, дорогая Сара. Я должна привыкать к самостоятельности и пробовать делать все сама.

Родители были удивлены не меньше Сары настроением и поведением своей дочери. Они не могли поверить себе, что с вечера на утро их дочь могла так преобразиться, и были очень этому рады. Только бы подольше продлилось ее хорошее настроение.

— Мама, я хотела попросить приносить мне дополнительный ужин в мою комнату. Я допоздна сижу в интернете, и хочется что-то поесть.

— Конечно, дорогая, я прикажу повару перед его уходом приготовить тебе чего-нибудь вкусненького, – радостно ответила мать.

— Что-нибудь поплотнее, обязательно кусок мяса, еще макароны или картофель, салат и что-нибудь на десерт.

Родители очень удивились аппетиту дочери, и мать попыталась ее предостеречь:

– Дорогая, не кажется ли тебе, что от такой плотной еды на ночь ты очень сильно поправишься?

– Нет, не кажется, мамочка. Ночью я очень голодна.

Мать не стала спорить, чтобы не испортить дочери настроение, и согласилась.

– И свечи, пожалуйста, я люблю ужинать в уютной обстановке.

Родители переглянулись. Невероятно! Что случилось с их дочерью?! Но радость-то какая, она начала жить!

Разъезжая одна по дорожкам парка, Хельга радовалась цветам, пению птиц, любовалась большими вековыми деревьями, зеленой травой, и мечтала о своем воре: «Придет он сегодня, как обещал, или нет».

Вечером Хельга отказалась от услуг Сары, которой было только позволено занести в комнату дополнительный ужин.

– Как же вы одна ляжете в постель? Я вам должна помочь, – попыталась возразить Сара.

– Не волнуйтесь, Сара, я смогу лечь сама.

Она закрыла дверь на ключ, зажгла на столе свечи и подкатила в коляске к компьютеру в ожидании Роланда. «Придет или не придет... Ну что ты себе возомнила, кому ты нужна, инвалид, чтобы к тебе на третий этаж, рискуя жизнью, кто-то полз? Он просто из вежливости тебе сказал, что придет», – шептал ей разумный внутренний голос. Второй же, менее разумный, твердил: «Придет, обязательно придет, не теряй надежду. Не сегодня придет, так завтра, жди».

Ей казалось, что время тянется безнадежно долго. В доме стало совсем тихо. Компьютер не смог отвлечь Хельгу от навязчивых мыслей. Она выключила его и уставилась в приоткрытое окно на сияющие, как отшлифованные бриллианты, звезды. Девушка услышала стук, но это был стук ее собственного сердца, чутко улавливающего состояние души хозяйки. Вдруг оно забилось сильнее и быстрее, как птичка в клетке – Хельга увидела в окне долгожданную темную фигуру своего вора, державшего в зубах букет цветов.

Спрыгнув с окна, Роланд стал на колени перед Хельгой и протянул ей букет:

– Красивым женщинам – красивые цветы. Мне нравятся полевые, не садовые. Поэтому, принес тебе мои любимые цветы, сам нарвал. Я от тебя без ума и все время думаю только о тебе.

Глаза Хельги сияли, наверное, ярче бриллиантовых звезд. Роланд встал с колен, наклонился и прильнул к ее губам в долгом поцелуе. Затем он погладил ее плечи и стал медленно снимать с нее одежду.

– На столе ужин, может быть ты сначала поешь? – прошептала Хельга.

– Нет. Потом. Я... люблю тебя... и буду приходить к тебе каждую ночь, пока ты не прогонишь меня... – так же шепотом ответил Роланд.

Поставив цветы в вазу, он не спеша раздел трепещущую от возбуждения девушку, поднял на руки, осторожно положил на кровать и разделся сам. Роланд ласкал ее, и эти ласки вызывали у нее чувство восхитительного желания. Прижавшись друг к другу, они почти до утра предавались восторженной любви и только, когда одна за другой начали исчезать с небосклона звезды, Роланд, с последней гаснувшей звездой и последним поцелуем, покинул комнату тем же способом, каким и прибыл.

Утром, когда Сара зашла в комнату Хельги, ей сразу же бросился в глаза букет полевых цветов. «Откуда? – подумала она. – На нашем участке такие не растут». Вчерашний, довольно

большой ужин был съеден и посуда вымыта. «Странно… очень странно все это», – размышляла Сара и, после приветствия, как бы ненароком, спросила:

– Когда это вам успели цветы подарить, вчера я их не видела?

– Бог послал, Сара, Бог, – ответила Хельга, загадочно улыбнувшись.

– Видно, ваш друг Мартин очень поздно вечером в гости заходил?..

Девушка ничего не ответила, как будто не услышала вопроса. На Сару смотрела совсем другая Хельга: внутреннее сияние ее души отразилось на красивом лице и в сверкающих радостью голубых глазах; ее мысли были совсем не рядом с Сарой, а где-то далеко, куда Сара не могла проникнуть.

«Я должна обо всем доложить ее родителям. Мне все это совсем не нравится», – решила мысленно Сара.

При первом же подвернувшемся случае Сара поделилась с госпожой Хубер своими подозрениями и опасениями в связи с Хельгой, на что госпожа Хубер только улыбнулась и ответила:

– Хельга может делать все, что она считает нужным, и вы должны это принять во внимание, всячески ее в этом поддерживать и помогать ей по возможности стать самостоятельной. Я очень рада, что она обрела уверенность в себе, и нужно это поощрять.

— А полевые цветы? Где и как она их ночью нарвала? Ведь, никто же не приходил ночью? Я спрашивала у прислуги, – попыталась заинтриговать госпожу Хубер Сара.

— Нас это не касается и вас тоже. Если она хочет оставить это в тайне, это ее право.

Однако Сара считала своим долгом сообщать все, что замечала странного для себя в поведении Хельги и в ее комнате, чем нескрываемо раздражала госпожу Хубер. Со своей стороны госпожа Хубер с сожалением стала замечать, что Хельга сильно набирает в весе, и неоднократно пыталась говорить с дочерью на эту тему, на что Хельга с улыбкой отвечала:

— Мамочка, я счастлива, тебе этого мало?

На этом разговор и заканчивался. Тем не менее госпожа Хубер приказала повару следить, чтобы поздний ужин для Хельги был малокалорийным и нежирным.

Строптивая Сара намекнула ненароком госпоже Хубер, что, возможно, Хельга беременна, из-за чего чуть было не поплатилась своим местом.

— Как вы смеете такое наговаривать, Сара, на мою дочь?! На каком основании вы позволяете себе такое говорить? Вы видели входящего или выходящего чужого мужчину в ее комнате? Нет. Так почему вы такое говорите? Только потому, что предполагаете? Вы действительно забываетесь, Сара. Мне бы не хотелось к вам применять крайние меры. Вы у нас уже долго работаете и, я надеюсь, хотите продолжать работать и дальше?

— Я ответственная за Хельгу и, если что-нибудь случится, я буду отвечать перед вами.

— Вы отвечаете за ее здоровье и настроение. Здоровье у нее пока хорошее и настроение, как видите, тоже. Я считаю, что все в порядке. Продолжайте дальше заниматься своими обязанностями и не переходите границы. Личная жизнь Хельги касается только ее.

Покидая госпожу Хубер, Сара ругала себя: «Чего тебе неймется? Делаешь свое дело? И делай! Не лезь туда, куда тебя не просят. Подумаешь, садовник к ней по ночам ходит, ну и пусть ходит. Какое твое собачье дело?! Делай свое дело и молчи в тряпочку».

Глава 3

Вот уже долгое время Хельга не тревожила Сару по ночам. Но вдруг однажды в Сариной комнате опять раздался сигнальный звонок. Сара вскочила с постели предчувствуя недоброе. Она накинула на себя халат и бросилась в комнату Хельги. Та лежала на кровати, скомкав в кулаках простыню, и корчилась от боли.

– Сара, вызывай скорую, у меня начались схватки... Только никого из домашних не тревожь... Помоги мне одеться и сесть в коляску, – пересиливая боль, тихо проговорила Хельга.

– Я должна известить ваших родителей, они мне не простят и выгонят с работы.

– Делайте, что вам говорят, и дайте мне телефон, – твердо приказала Хельга и приподнялась на локтях.

Хельга набрала номер и Сара услышала:

– Я еду в больницу рожать, пока.

Сара вызвала по телефону скорую помощь, затем помогла ей одеться, сесть в коляску, спуститься лифтом на первый этаж, вывезла ее за ворота усадьбы и, когда появилась скорая помощь, влезла с ней в салон скорой.

– Сара, останьтесь дома. Завтра утром все расскажете родителям, – приказала Хельга.

– Нет-нет, ни в коем случае! Ваши родители меня просто убьют, если я оставлю вас одну. Я еду с вами, вас я одну не оставлю, и не просите, – так же твердо отказала Сара.

Они поехали вместе. Сара держала руку девушки в своей и каждый раз, когда у Хельги начинались схватки, гладила ее и успокаивала:

– Потерпи, дорогая, все будет хорошо. Это все естественно.

В палате больницы Сара не отходила от Хельги ни на шаг. Как верный пес, она сидела рядом у кровати девушки и всячески помогала ей, чем могла.

Наконец под утро, доктор, осмотрев Хельгу, приказал медсестрам отвезти ее в родильную комнату. Хельгу повезли в родильный зал, и Сара провожала ее по коридору. Когда девушку ввезли внутрь, доктор преградил дорогу Саре:

– А вы подождете в коридоре. Присутствовать при родах будет отец будущего ребенка.

– Какой отец? Я ее самый близкий человек. Она совсем не замужем! Я ее одну не оставлю. Я не позволю какому-то проходимцу присутствовать при родах!

— Так желает роженица. Сядьте в коридоре и не скандальте, иначе нам придется вас выпроводить.

Только сейчас Сара увидела красивого, высокого, хорошо сложенного брюнета, входящего в зал к роженице. Невольно, она переключила все мысли на него:

«Кто он такой? Я его никогда не видела в доме Хубер. Откуда он взялся? Где она его отхватила? Ни с неба же он свалился? Тут ходишь, ходишь повсюду, и ни одна собака не прицепится, а она без ног, сидит дома и на тебе, красавца поймала... В парке что ли? Так я вроде следила... Никого никогда не было... Вот сюрприз для родителей будет... А красавец какой... Как Аполлон... Нет... такой с калекой жить вместе не будет... побалуется и бросит... Красавцев любить нельзя... Эх, Хельга, Хельга... Опять будешь страдать от несчастной любви... Сама виновата, надо было со мной посоветоваться, я хотела тебе подругой быть, а ты вон как... Вот и получишь по заслугам, когда он тебя бросит».

Крик младенца прервал ее мысли, и через несколько минут в коридоре появилась медсестра с сообщением, что родился ребенок-мальчик.

«Вот теперь я обрадую Хуберов...» – подумала злорадно Сара и вытащила из сумочки мобильник.

– Господин Хубер? Это Сара... Я звоню из больницы... Нет, со мной все в порядке... С Хельгой тоже все в порядке... Только... мы в родильном отделении... Хельга родила мальчика... Что-что? Шум какой-то, ничего не слышу... Ой, господин Хубер, я даже не знаю, как называется больница, сейчас спрошу... – Сара прикрыла рукой микрофон мобильника и громко обратилась к проходящей мимо медсестре: – Как называется ваша больница?

– Красный Крест, – ответила та, и Сара повторила название в микрофон.

– Не могла я вас известить раньше, Хельга запретила... Вы же сами сказали, слушаться только ее. Вот я и слушалась... – Сара положила мобильник в сумочку и тихо проговорила: «Да... представляю, что творится с Хуберами... Сейчас примчатся...»

Чета Хубер действительно примчалась мгновенно. Сара поспешила им навстречу, и они вместе направились к Хельге в комнату.

Хельга лежала в белоснежной постели бледная, с растрепанными волосами, и улыбалась.

Рядом на стуле, с ребенком в руках, сидел красивый молодой человек и что-то ворковал ребенку. Увидев на пороге родителей, Хельга воскликнула:

— Мама, папа, проходите. Я так рада вас видеть! Познакомьтесь – это мой друг Роланд. Мы собираемся пожениться. А это ваш внук – мы еще не решили, как его назвать.

Роланд встал, пожал руки еще не пришедших в себя госпоже и господину Хубер, передал ребенка в руки бабушке, поцеловал Хельгу и сказал:

— Из больницы я заберу Хельгу и малыша в нашу квартиру.

— Как это вы заберете мою дочь и моего внука в вашу квартиру? – осознав действительность, возмутился Хубер. – Кто вы, вообще, такой, чтобы забирать мою дочь непонятно куда? Мы вас вообще не знаем: кто вы и что вы из себя представляете? Откуда вы, вообще, взялись? Мы вас впервые видим? Вы просто вор, который собирается украсть нашу дочь и нашего внука!

— Да, я вор и хочу украсть вашу дочь и вашего внука, но заметьте – он и мой сын! Я теперь ответственен за обоих!

— Папочка, успокойся... нужно все мирно обговорить... – попыталась встрять супруга Хубера.

— Ты помолчи! – напустился на супругу муж и, тыча пальцем то на жену, то на Сару, продолжал кричать: – Это вы все виноваты! Допустили, что какой-то проходимец сделал ей ребенка, да еще собирается ее от нас увести! Где у вас глаза были? Две чертовые бабы! Я целый день на работе, а вы за единственной дочерью уследить не смогли! А я, дурак, и вправду думал, что она просто поправилась от хорошей еды!

— Я тут ни при чем... Я каждый раз пыталась вам сказать... но вы сами и слушать не хотели... – защищалась Сара.

— Слушать не хотел! – в сердцах передразнил Сару Хубер и опять обрушил свой гнев на Роланда. – Вы никуда не увезете мою дочь и внука! Я вам не позволю! Она инвалид, и я ее опекун, так что без моего согласия вы ничего не можете сделать!

— А я вас и спрашивать не буду! – поднял голос Роланд. – Кто спрашивает родителей – любить ему или не любить! Мы любим друг друга – и это самое главное!

— Папа! Мы любим друг друга! – подтвердила Хельга, нежно пожимая руку Роланду.

— Ты не можешь выйти замуж за этого... потому что... потому что ты помолвлена с Мартином, и помолвку еще никто не отменял! Он прекрасный молодой человек – не чета этому! Порядочный! Не приходит в дом тайком, как некоторые, и не уводит из-под носа у родителей их дочь! – напомнил Хубер Хельге, внезапно вспомнив о ее давней помолвке.

– Ха-ха-ха! Папа, не смеши меня! Мартин порядочный?! Он от меня уже давно отказался, и ты прекрасно это знаешь! К тому же я его никогда не любила. А Роланда я люблю и выйду за него замуж, – решительно ответила Хельга.

– Ты думаешь, он тебя любит?! Ты думаешь, он не знает, кто такой Хубер? Он женится на тебе потому, что ты – дочь Хубера! Что, молодой человек, вы не знаете, кто такой Хубер?

– А кто же вас не знает? Весь город знает! Вы самый богатый в этих краях. Поэтому я к вам и попал случайно. Мечтал получить мелочь, а получил бриллиант – вашу дочь! Неисповедимы пути Господни.

– Вот видишь, он сам признается! Он женится на тебе только из-за денег! Вы вообще работаете, и кем?!

– Конечно, я классный мастер по ключам, отмычкам, замкам. Кстати, моими услугами сейчас пользуется полиция и, между прочим, неплохо платят. Во всяком случае, как-нибудь семью прокормить смогу.

– Вы посмотрите на него! Мастер по ключам! И ты думаешь, Хельга, он сможет тебя обеспечить с ребенком? Скажите мне, пожалуйста, где вы познакомились с моей дочерью?

– Папа, это тебя совершенно не касается, где мы с Роландом познакомились. Это наша тайна... – ответила за Роланда Хельга.

– Значит, тайна? Да? Ну и пусть останется вашей тайной. Раз так, дорогая Хельга, ты должна выбрать: или я с мамой, или этот... Роланд... Но учти, что тебе придется без нас очень тяжело...

– Херберт, пожалуйста, не выставляй такой ультиматум... Тут ничего нет плохого, наша крошка выходит замуж... Это ведь так прекрасно! Они любят друг друга, что же еще надо? – попыталась спасти положение госпожа Хубер.

– Ты хочешь свою дочь отдать какому-то проходимцу с улицы, который неизвестно что будет с ней делать, и потом без конца будет требовать от нас деньги и нас шантажировать? Ты этого хочешь?

– Ну почему сразу – шантажировать? Он еще ничего от тебя не требовал, если я все правильно поняла...

— Ты никогда ничего не понимаешь, и к тому же не слышишь и не видишь, если допустила, что дочь у тебя под носом забеременела от неизвестно кого! – кипятился Хубер.

— Вам уже известно от кого, – перебила спор родителей Хельга. – И если, папочка, ты так настаиваешь на выборе: вы с мамой или Роланд, то я выбираю Роланда, извините!

— Ах, значит так?! Значит ты выбираешь... Роланда?! – Хубер был вне себя. Он поднял руки вверх и закричал: – Господи! Как мне объяснить, чтобы моя дочь меня поняла?! – затем решительно повернулся к Роланду и уже более спокойно проговорил:

— Так, давайте выйдем, поговорим.

— Папа, говори здесь! – заволновалась Хельга.

— Не беспокойся, Хельга, у нас с твоим отцом должен быть мужской разговор, – проговорил Роланд, погладив по голове Хельгу.

Оба мужчины вышли за дверь. Госпожа Хубер с младенцем на руках подсела ближе к Хельге. Сара подошла с той стороны, где до этого стоял Роланд, поправила Хельге подушку, пригладила волосы.

— Не обижайся на папочку, Хельга. Ты наша единственная дочь и мы тебя очень любим.

Признаться, ты с нами не очень хорошо поступила... Мы ведь твои родители... Неужели ты не могла нам все рассказать... Мы все бы поняли и что-то посоветовали... – начала Хубер.

— Мамочка, я вас тоже очень люблю. Я не могла вам раньше рассказать. Вы никогда не разрешили бы нам встречаться, и ты это прекрасно знаешь. Вы должны понять, что Роланд спас мою жизнь и что только благодаря ему я чувствую, что я не калека. С ним я чувствую себя полноценной. Он тот человек, на которого можно положиться всегда и во всем.

Господин Хубер решительным шагом вышел из больничного помещения и направился к стоянке авто. Вслед за ним, не отставая ни на шаг, так же решительно шел Роланд.

— Сядем в мою машину и поговорим, там нас никто не услышит, – предложил Хубер.

Хубер сел за руль, Роланд – рядом с другой стороны.

— Сколько ты хочешь за мою дочь? – начал без всяких намеков Хубер.

— Сначала я хотел бы знать, за сколько вы ее оцениваете? – ответил Роланд.

— Свою дочь я не оцениваю. Я спрашиваю, сколько ты хочешь? Миллион?

Роланд отрицательно покачал головой.

– Два, три... Ну, говори, я дам за нее любую сумму.

– Правда, любую?! Спасибо, папочка! Я знал, что мы с вами договоримся. Сейчас посчитаю... – Роланд закатил глаза и стал что-то высчитывать.

– Я вам не папочка! – прервал Роланда Хубер.

– Жаль, мне всю жизнь не хватало папочки, я ведь родился без отца. Но, нет – так нет. Так какую сумму вы можете мне предложить... господин Хубер? – повторил вопрос Роланд с ударением на последних словах.

– Миллион, и чтобы духу твоего здесь не было! Ничего не хочу о тебе больше слышать!

Роланд с чувством обнял Хубера и воскликнул:

– Спасибо, господин Хубер! Я обещаю, что ни одна копейка не пропадет даром. Я постараюсь, чтобы вы обо мне ничего плохого не слышали.

– Вот тебе чек, и чтобы ты исчез с моих глаз, негодяй! Знаю я вас, бессребреников.

– Ну кто в наше время не продается, пап... господин Хубер? Я – не исключение! Так когда вы изволите, чтобы мы исчезли из вашего обозрения?

– Сию минуту, чтобы духу твоего здесь не было!

– Сию минуту не могу, к сожалению... – Роланд опять закатил глаза, что-то подсчитал и продолжил. – Через неделю мы исчезнем и никакого адреса вам не оставим.

– Кого это ты имеешь в виду? Как это «мы»? Не мы, а ты! – поправил Хубер.

– Как это я?! Я и моя семья – одно целое! Одним словом – мы! Мы – это моя жена и мой сын! Когда их выпишут из больницы, мы исчезнем! – объяснил Роланд.

– Ты негодяй, ты получил деньги за мою дочь! Ты продал ее мне за миллион! – завопил Хубер.

– Нет, позвольте, о продаже речь не шла. Вы предложили мне миллион за вашу дочь, так? Так! Как я могу отказаться? У Хельгочки действительно должны быть королевские условия: прислуга, уборщица, кухарка... А главное, лечебные услуги, чтобы попытаться поставить ее на ноги. Моей зарплаты для таких условий, конечно же, не хватит... И вы, как отец, решили ей помочь... Я лично это очень ценю. Думаю, что и Хельгочка оценит. Она сама будет распоряжаться этими деньгами.

— Ты вор! Ты украл не только мою дочь, но и мои деньги!

— Ну уж нет! Деньги я не украл, неправда! Вы их мне сами дали! Но если вы передумали... возьмите чек обратно.

Хубер взял чек и, уже более миролюбиво, продолжил:

— Ты же не дурак, Роланд, если хочешь, я прибавлю еще миллион. Все равно ее бросишь рано или поздно... Не сможешь же ты жить всю жизнь с калекой... С двумя миллионами найдешь себе самую красивую и здоровую даму, и будешь счастлив!

— Если вы заботитесь о моем счастье, то спасибо, я уже очень счастлив и даже без ваших денег. Но если вы заботитесь о счастье вашей дочери, то меня ваше отношение к ней очень удивляет. Вы готовы отдать два миллиона и лишить ее любви, семьи, счастья, радости... Со своей дочерью я бы так не поступил. Ведь ей же лучше сейчас жить полноценной счастливой жизнью с любимым человеком, чем, предупреждая негативные последствия любви, остаться нелюбимой...

Хубер вытащил опять чековую книжку, написал в ней сумму, подписался и протянул Роланду:

— Вот, возьми. Так что ты будешь делать с двумя миллионами?

— Я – ничего! Хельга будет ими распоряжаться. Надеюсь, она выделит из этой суммы деньги на образование наших детей, а главное – на свое лечение. Я уверен – она встанет на ноги! Спасибо, пап... господин Хубер! – Роланд радостно обнял Хубера.

— Ладно, ладно... можешь говорить «папочка». Смотри мне, не обижай мою дочь... и люби! Так кем ты там работал последнее время?

— Вы же сами сказали, вором.

— Ну, не будем вспоминать старое. Кто ты по профессии?

— Инженер-электрик-автоматчик.

— Значит, с образованием? Это хорошо! Найдется у меня для тебя место. Ну что, пойдем к дамам? Наверное, ждут нас с нетерпением.

ОТЕЛЬ-КЛУБ «РОЗА НА СНЕГУ»

Глава 1

Доктор Краузе закончил чтение лекции студентам, покинул аудиторию и, очутившись в коридоре, удовлетворенно закурил сигарету. Он удобно облокотился о подоконник, глубоко затянулся и с наслаждением наблюдал за медленно выпускаемыми им кольцами дыма.

Когда эта процедура ему надоела, он перевел взгляд в конец коридора и увидел направляющуюся к нему профессора Айсбергманн с портфелем и конспектом в руках. Темноволосая, с поднятой наверх прической, на носу большие очки, сквозь которые она строго и бескомпромиссно глядела на мир. Ей было не больше тридцати пяти лет, но любой человек, даже не зная ее, с уверенностью сказал бы, что она – настоящий профессор.

«Да... красивая дама... – подумал доктор Краузе, затянувшись в очередной раз. – Классические черты лица, прекрасная фигура... Однако ведь, айсберг айсбергом... и сухарь сухарем... Ходячая энциклопедия, бухгалтерия, научная библиотека... но только не женщина. Интересно, целовал ее хоть когда-нибудь кто-нибудь? Наверняка нет. Судя по всему, она и не знает, что это такое. Вокруг нее непробиваемая броня. Шуток абсолютно не понимает, и чувствуешь себя после своей же шутки в ее присутствии дурак дураком».

– Наконец-то я вас нашла, доктор Краузе, – начала профессор Айсбергманн административным тоном. – Я с большим интересом прослушала вашу сегодняшнюю лекцию. Должна отметить, что во многих аспектах теоретических исследований...

При ее приближении доктор Краузе потушил сигарету в стоящей на подоконнике пепельнице и слегка поклонился в приветствии. Слушал он ее с джентльменским вежливым видом и с подчеркнутым вниманием, слегка наклонив вбок голову. Его мысли, однако, находились далеко от той темы, о которой говорила профессор Айсбергманн: «...Какие жемчужные зубки... А губки... пухленькие... поцелуйные... Хотелось бы ее грудь увидеть хоть раз. Да ведь застегнута на все пуговицы до горла. А горлышко какое...»

– Доктор Краузе, вы меня слышите? – прервала ход его мысли профессор.

– Конечно, профессор Айсбергманн. Я полон глубочайшего внимания и совершенно с вами во всем согласен, – нисколько не смутившись, поспешно ответил доктор.

– Значит, вы согласны с тем, что ваше утверждение об авангардистском подходе к экономическому развитию без ретроспективного анализа может привести...

«Бесполезно спорить с этой мраморной статуей об авангарде. Она даже юбку носит намного ниже колен и не дает возможности полюбоваться ее ножками. Остается только сожалеть, что при распределении Богом женских прелестей, он дал их не той... и нам, бедным мужчинам, приходится только фантазировать об ее остальных недоступных прелестях...» –навязчиво крутились мысли доктора только в одном направлении.

– Не совсем, – ответил он поспешно, заметив ее строго-молчаливое ожидание на ее вопрос. – Мне хотелось бы с вами лично обговорить эту тему где-нибудь в ресторане, если вы не возражаете, в более приятной обстановке, чем в этом административном коридоре.

– К сожалению, я ограничена временем и

ОТЕЛЬ-КЛУБ “РОЗА НА СНЕГУ”

не могу позволить себе такую вольность. К тому же, меня вполне устраивает этот административный коридор, чтобы обратить ваше внимание на этот пункт, с которым я категорически не согласна. Желаю вам хорошего дня, доктор Краузе.

Она гордо развернулась и твердой походкой удалилась в аудиторию читать лекцию студентам.

«Да... Вот так всегда... Сколько раз я пытался с ней поближе познакомиться. Ничего не получается. Манекен бездушный! Снежная королева! – разочарованно ругал ее доктор Краузе. – Однако как она поцелуйно сложила губки в слове «доктор Краузе»... Господи, я втрескался в нее по самые уши и не знаю, как к ней подступиться».

Тут он заметил на полу выпавшую из конспекта профессора визитную карточку и поднял ее. «Кажется, есть еще возможность с ней побеседовать, – подумал доктор и стал читать: – Отель-клуб «Роза на снегу». Париж». На другой стороне было написано «с 13 июня по 13 июля», номер телефона и адрес.

«Хм... Пожалуй, эту визитную карточку я ей не верну. Мне ее сам Бог послал. Значит, она в июне и июле будет в клубе «Роза на снегу» в Париже. Интересно, что это за клуб. Впервые о нем слышу. Если повезет, мы с ней там встретимся. И я не упущу возможность признаться ей в любви. Может быть, для меня это удачный случай и последний шанс. Нужно срочно заказать место в отеле на это время. Осталась одна неделя».

Ему не повезло. Места в отеле были только для членов клуба. Тем не менее он решил во что бы то ни стало снять номер в «Розе на снегу», как-нибудь договорившись с портье.

Доктор Краузе прибыл в Париж на день раньше. Не теряя времени, он подъехал прямо с аэропорта на такси к «Розе на снегу».

Отель-клуб был построен в абсолютном модерне: стены, покрытые белоснежными мраморными квадратами, большие зеркальные окна. Над парадным почти в два этажа выделялся прекрасный витраж с алой розой на белом снегу.

Доктор присвистнул от удивления и решительно направился к дверям. Однако строгий швейцар преградил ему дорогу и не пропустил даже внутрь, несмотря на все уговоры и щедрые денежные чаевые.

– Не положено, месье. Здесь останавливаются только члены клуба, – вежливо и терпеливо объяснил швейцар.

– Позвольте узнать, чем занимаются в вашем клубе, в который даже войти нельзя? Неужели чем-то нелегальным? – возмущенно спросил доктор.

– Ну что вы, месье. Все исключительно легально. У нас останавливается только высшее общество: самые почтенные и достойные особы. Как видите, с улицы в наш клуб войти нельзя.

Ко входу подкатил «Роллс-Ройс». Из него выскочил шофер, открыл дверь машины, из которой вылез солидного вида джентльмен с гаванской сигарой во рту и направился в отель. За ним семенил шофер с небольшим багажом. Швейцар, увидев господина, вежливо извинился перед доктором, слегка потеснил его в сторону и, поклонившись, распахнул перед господином дверь:

– Добро пожаловать, месье, в «Розу на снегу», и всяческих удовольствий.

Шофер поставил багаж перед дверью и вернулся к «Роллс-Ройсу». Кто-то из персонала «Розы на снегу» подхватил чемоданы и внес их внутрь. Как только господин исчез за дверью, доктор продолжил диалог.

– Ну и чем же занимаются в вашем клубе?

– Общением в приятной обстановке, месье, если вас удовлетворит мой ответ.

– Как же можно стать членом вашего клуба?

– Нужно обратиться в правление клуба, но сейчас уже поздно. Они работают сегодня полдня. Подойдите завтра.

– Хорошо вам говорить «подойдите завтра». А как быть мне? Ночевать на улице? Неужели нельзя, как будущему члену вашего клуба, позволить мне сегодня переночевать в вашем отеле?

– Искренне сожалею, месье, но ничем не могу вам помочь.

Пока доктор стоял и размышлял, что ему делать, подъехало еще несколько авто: «Мерседес», «Ягуар», еще один «Роллс-Ройс».

«Да, солидная публика... Общаться приехали. Неужели профессор Айсбергманн может хоть с кем-нибудь общаться. Поверить никак не могу. Что может быть у них с ней общего? О чем может с ними говорить теоретический робот, не имеющий ничего общего с реальной жизнью. Она ведь людей около себя не видит. Уже только ради того, чтобы увидеть, как она общается, я должен стать членом этого клуба. Может она умеет общаться только с самыми высокими особами и игнорирует всех, кто рангом ниже? Нужно посмотреть», – подумал доктор Краузе, глядя на выходящих из машин мужчин.

Он остановил такси и попросил шофера отвезти его в ближайший отель.

Следующим утром доктор Краузе отправился в правление клуба «Роза на снегу», чтобы причислить себя к тем счастливцам, которые могут общаться на одном уровне с профессором Айсбергманн. Он был уже представителем многих клубов, в частности гольф-клуба, и платил крупные взносы за членство в них. Однако сумма взноса, которую потребовали в «Розе на снегу», поразила его и еще больше разожгла его любопытство.

«Что может происходить в этом клубе за такую высокую сумму? Неужели моя профессор платит такую сумму, чтобы с кем-то общаться?»

После вступления в клуб он получил очень необычный программный устав, в котором объяснялись его права и обязанности. Он не должен спрашивать имена членов клуба и их должности, снимать масок ни с кого, кто желает быть в них, и отказывать в общении, если будут любители с ним пообщаться, а главное – не должен разглашать тайны клуба.

«Мне совершенно не хочется с кем-либо общаться, знать их имена и, Боже упаси, их тайны, кроме, конечно, профессора Айсбергманн. Только из-за нее я стал членом этого дурацкого и очень дорогого клуба. Только с ней я хочу общаться и вообще, познакомиться как следует, наконец», – подумал доктор с надеждой.

Глава 2

Профессор Айсбергманн не один раз была в Париже и изучила Париж со всеми его достопримечательностями с точностью научного педанта, откладывая в памяти на нужных полочках не только имена художников, писавших картины в Лувре, но и количество комнат и окон в музее. Эйфелева башня не произвела на нее восторженного впечатления, как образец уникального зодчества. Профессор лишь отложила в свой «накопитель» все данные об изобретателе и точные размеры башни до миллиметра.

Профессор Айсбергманн всегда использовала время экономно, поэтому в Париж она прибыла самолетом, взяв с собой лэптоп и небольшой чемодан с необходимыми вещами. Водитель такси, по-видимому, давно знавший ее, широко распахнул перед ней дверь авто и с глубоким почтением произнес:

– Добро пожаловать, мадам. Рад вас видеть и благодарю за ваше доверие ко мне. Как всегда, в «Розу на снегу»?

Сев в такси, она сухо и надменно кивнула головой в знак согласия и добавила на безупречном французском:

– Как всегда, Пьер.

– Слушаюсь, мадам, – ответил таксист и уверенно повел авто.

Ведя машину, таксист время от времени украдкой разглядывал свою пассажирку, любуясь ею, и, когда взгляды их встречались, он, как воришка, пойманный врасплох, отводил быстро глаза и смущенно лепетал:

– Погода сегодня хорошая, не правда ли, мадам?

Они подкатили к отелю-клубу «Роза на снегу», в дверях которого в униформе, украшенной галунами, стоял представительный швейцар.

Профессор Айсбергманн оплатила проезд, вышла из такси и, оглядев здание, заметила про себя: «Отель выглядит все-таки изысканно».

Водитель угодливо бежал впереди с ее чемоданом и, отдав персоналу, с почтением раскланялся со своей пассажиркой. В дверях ее встретил с церемонным поклоном швейцар. Одной рукой он преподнес ей алую розу, а другой распахнул перед ней дверь со словами: «Добро пожаловать в «Розу на снегу», мадам».

Доктор Краузе увидел ее издали, входящую в клуб, и стремглав бросился вслед. Швейцар вежливо, но решительно загородил ему дорогу. Доктор с высокомерным удовольствием протянул ему под самый нос свой членский билет и ехидно добавил:

«Ни цента от меня не получишь за свое негостеприимное отношение к чужеземцу».

Он зашел внутрь и попал в роскошный салон с прекрасной мягкой мебелью. Стены были украшены великолепными картинами немного эротического характера. Зеленые растения и цветы, в дополнение к фонтану с каскадами водопадов и маленьким озерцом с лилиями, и золотыми рыбками в нем, создавали необыкновенно стильный ансамбль и уют. Краузе не интересовали ни посетители, ни прекрасный дорогостоящий интерьер. Лишь мельком оглядев зал, выискивая среди присутствующих профессора, и не найдя ее, он подошел к портье:

— У меня с профессором Айсбергманн сегодня встреча. Вы не скажете, в каком номере профессор?

— В нашем отеле останавливаются и профессора, и доктора, и министры, и очень высокие особы, но вы ознакомлены с уставом клуба, не так ли? Я могу дать вам программку сегодняшнего вечера. Все, что вам нужно, вы найдете в этой брошюре. Хотите снять номер?

– Сейчас я хочу встретиться с профессором. Это очень важно.

– Я не знаю, свободен ли сейчас профессор...

Портье сделал многозначительную паузу, и доктор Краузе все понял. Он, незаметно для других, покрутил у портье перед носом сотней евро. Портье ловко поймал бумажку и, наклонившись поближе к уху доктора, произнес:

– Имени я не знаю, но профессор в номере тридцатом на третьем этаже и как раз свободен.

Доктор Краузе, не теряя времени, побежал по лестнице, игнорируя лифт, и очутился на третьем этаже, слегка запыхавшись, со стучащим сердцем – не то от быстрого бега, не то от предстоящей встречи с профессором. Дежурный по этажу проводил его к тридцатому номеру и постучал. Дверь отворилась и дежурный провозгласил официальным тоном:

– Профессор, к вам студент.

– Не студент, а доктор, – поправил доктор Краузе.

– Простите, профессор, к вам не студент

пришел, а доктор.

– Из глубины комнаты донесся мелодичный звон колокольчика и дежурный пригласил:

– Входите, месье доктор, профессор ждет вас.

«Надо же, она меня ждет... Что я ей скажу? Захочет ли она вообще меня слушать?» – подумал доктор Краузе и, набрав полную грудь воздуха, решительно вошел в комнату.

Его удивил запах духов, который совершенно не ассоциировался с внешностью профессора Айсбергманн. Сквозь прозрачные малиновые занавески проникал дневной свет. Вдоль стены стояли стеллажи с книгами и видеокассетами. Посреди комнаты уютно вписались кожаный малиновый диван с такими же малиновыми креслами и журнальный резной столик с различными журналами. На противоположной стене висел большой плоский телевизор. Дверь в другую комнату была приоткрыта, и доктор заметил огромную двуспальную кровать с малиновым балдахином. «Никогда бы не подумал, что ей может нравиться малиновый цвет. Както не вписывается в ее характер», – заметил про себя доктор.

– Дорогой доктор, устраивайтесь поуютней.

Через несколько секунд я буду в вашем распоряжении, – донесся высокий голос из глубины соседней комнаты.

Доктору показалось, что говорил мужчина, несмотря на высокий тон. Он подошел к журнальному столику и озадаченно уставился на прессу. Со всех обложек смотрели на него голые мужчины во всевозможных позах. Он брезгливо поморщился, хотел было сесть на диван, однако передумал и остался стоять, пытаясь проанализировать, какое отношение эти журналы могут иметь к ней!

– Простите, доктор, что я заставил вас ждать, – прервал мысли Краузе высокий голос.

В дверях соседней комнаты появился изящный молодой брюнет в малиновом шелковом халате с рюшечками.

– Что же вы не садитесь? Не стесняйтесь. Снимите пиджак, чтобы чувствовать себя свободней. Хотите что-нибудь выпить?

Он достал из шкафчика бутылку Абсента, налил в две рюмки и одну поднес доктору.

– Выпейте. Это вас немного расслабит, вы так скованы. Вы первый раз у нас и ваше состояние вполне понятно...

Доктор решительно отвел его руку с рюмкой.

— Извините, я попал не туда. Я хотел к профессору Айсбергманн.

Брюнет нежно положил руку на его плечо:

— Уверяю вас, в нашем клубе я – единственный профессор, и тот, кто претендует на этот титул – просто самозванец. Айсбергманн!!! Чудовище! Он собирается отбить у меня приличное общество! На него наложат штраф за нарушение правил. Кстати, в каком он номере? – брюнет глотнул Абсента и поставил рюмки на стол.

— Вот этого-то я и не знаю. Меня послали сюда, – раздраженно ответил доктор.

— И правильно сделали. Вы мне очень нравитесь. Считайте, что я профессор Айсбергманн. Дело ведь не в имени...

— Да. Но дело в том, что тот профессор – женщина, и я ее люблю. Она где-то в отеле, и я не могу ее найти, – с досадой произнес доктор.

— Ах, как романтично... – воскликнул манерно брюнет, глубоко вздохнул и разочарованно добавил: – Как обидно, красивые мужчины всегда достаются не тем, кто мог бы их осчастливить. Она новенькая? Все равно, титул профессора уже занят и она должна себе выбрать другой.

Он манерно сел в кресло, заложив ногу на ногу, и продолжил:

– Жаль... Однако я желаю вам найти своего профессора. Это так прекрасно – любить... Кстати, вы еще не смотрели программку? Возможно, вы найдете своего профессора в ней.

Напоминание о программке было как раз вовремя. Доктор вытащил ее из кармана, сел в малиновое кресло и стал рассматривать. С каждой открытой страницей выражение его лица менялось в зависимости от содержания.

«Нет, я не доктор, я студент. Причем самый неуспевающий. Как я сразу не понял, что это самый настоящий бордель, только, нужно отдать должное, очень высокого класса. Странно, все странно... Никак не увязывается в моей голове ее образ с борделем», – возбужденно неслись его мысли.

Профессор-брюнет, присев к доктору на подлокотник, комментировал страницы:

– Это доцент. Однако я пользуюсь большим успехом. Но так как вы мальчиками не интересуетесь, листайте дальше, к отделу дам.

Доктор открыл раздел с дамами. Со страницы листа томно смотрела на него голубоглазая блондинка в легком полупрозрачном пеньюаре и в синих туфлях на высокой платформе.

– Эту смазливую блондинку зовут Голубая

Незабудка. У нее почти одни и те же кавалеры, которые ее забыть не могут. А эту пестренькую курочку зовут Перелетная Птица, потому что она не из Франции. Лесбиянки со всего мира съезжаются к ней. Не понимаю, что они в ней находят: ни кожи, ни рожи...

Они смотрели страничку за страничкой под комментарии брюнета о неизменной характеристике каждой из дам. Краузе открыл последний лист и вдруг увидел ту, которую искал. Несмотря на то, что дама была в маске, он ее узнал. Его сердце сильно забилось и волнение, которое его охватило, не ускользнуло от Профессора.

– Ну да... Хотя в своем деле она и профессор, но зовут ее не Профессор, а Алая Роза. К сожалению, никто из нас не может с ней конкурировать. У нее самая высокая клиентура, – брюнет наклонился к уху доктора и тихо прибавил: – Большинство из правительства, из высокопоставленных чиновников, из аристократии. И самый высокий гонорар. Последнее время она у нас редко бывает, и если хоть один ее клиент прозевал свое назначенное время, он лишается шансов попасть к ней на прием. Наша домина... Между нами говоря, у меня сложилось впечатление, что в прошлом она пережила какую-то травму. Лица ее никогда никто не видел. Не понимаю этих мужчин. Как можно наслаждаться издевательствами и унижениями над собой?! И ведь ни кто-нибудь, а... – он поднял указательный палец и показал им многозначительно вверх. Затем разочарованно посмотрел на доктора и продолжил: – Вы тоже любите такого сорта игры, а время посещения регистратор вам не дал, не так ли?

Доктор не успел ответить. В углу на столике зазвонил телефон и Профессор, извинившись, поспешил к нему. Пока тот говорил в трубку, доктор Краузе был занят своими мыслями:

«Боже, как она хороша. Именно такой, как на этом фото, я и хотел бы ее увидеть, но только не здесь. Как она неотразима!»

– Прошу прощения, дорогой доктор. К сожалению, я должен с вами распрощаться. Ко мне поднимается следующий... собеседник, нуждающийся в утешении. Не знаю, поможет ли вам, но Алая Роза находится на четвертом этаже, как раз надо мной. Я делюсь с вами этой информацией только потому, что вы мне очень симпатичны.

– Я ваш должник, Профессор, – приободрившись, ответил доктор и направился к дверям.

Глава 3

Доктор Краузе поднялся на этаж выше и вдруг увидел солидного господина, который направлялся как раз к той двери. «Ну уж нет, – возмущенно подумал доктор Краузе. – Сейчас я никого не пущу к ней, чего бы мне это ни стоило».

— Простите, месье, – обратился он к господину, – меня послали за вами вслед, чтобы исправить ошибку регистратора. Алая Роза временно находится ниже этажом и будет свободна приблизительно через полчаса.

— Да, но у меня время к ней как раз сейчас. Я и так уже долго жду, – надменно ответил господин, однако стал спускаться по ступенькам вниз.

С огромным волнением доктор подошел к двери, поправил пиджак, пригладил руками непослушные волосы, повторил про себя все, что он ей скажет.

Вдруг его осенило: он вытащил из кармана блокнот, авторучку, вырвал лист и написал: «Алая Роза временно ждет собеседников в номере тридцатом. Добро пожаловать». Он прикрепил лист к табличке номера, оглянулся вокруг, затем, подняв глаза вверх, прошептал «с Богом» и решительно постучал.

– Войдите, – услышал он властный знакомый голос.

Доктор Краузе вошел и плотно прикрыл за собой дверь, как бы отрезая себе путь к отступлению. Она стояла у кресла в ярко-красном, облегающем фигуру костюме, с обнаженной грудью и в очень коротких шортах, похлопывая концом плетки об руку. Красивые длинные ноги в красных туфельках на очень высоких каблуках крепко стояли на полу на ширине плеч. Черная маска с красными розами и такими же перьями дополняли общий ансамбль. Доктор очарованно смотрел на нее, забыв о тех выражениях, которые повторял перед дверью.

Алая Роза узнала его мгновенно и некоторое время стояла, раздумывая, каким образом Краузе попал к ней – по простой случайности или в результате слежки.

Она выжидала, давая возможность заговорить ему первому. Ничто не выдавало ее чувств. Темные глаза спокойно и презрительно смотрели на него из-под маски.

Этот невозможный для доктора взгляд вывел его из состояния эйфории, и он заговорил:

– Вы так прекрасны, что я потерял дар речи от восхищения вами.

ОТЕЛЬ-КЛУБ “РОЗА НА СНЕГУ”

Алая Роза молчала, еще надеясь на случайность.

– Я нашел вас, чтобы, наконец, сказать, что я люблю вас... с первого дня, как только увидел вас... правда, не в таком прекрасном наряде. Вам он, действительно, очень идет.

Доктор подошел к молчащей Алой Розе и попытался взять ее руку. Она поняла, что он ее узнал, резко выдернула руку и строго проговорила:

– Не дотрагивайтесь ко мне! Что вы хотите от меня?!

– Хочу, чтобы вы вышли за меня замуж. Хочу, чтобы я был самым счастливым мужем.

Алая Роза пыталась продолжать вести себя так, как будто они не знакомы. Она села в кресло и, указав плеткой на противоположное, проговорила, меняя тактику и манеру разговора:

– Присаживайтесь, голубчик... Если я стану вашей женой, то к кому вы будете сюда приходить? Супружеская жизнь совсем непраздничная – сплошные обязанности, и перед женой, и перед детьми. Вы только и будете работать, работать без конца. И дома никакого покоя: сварливая жена, сопливые дети, которые садятся вам прямо на голову. А в нашем клубе вы получите все, что пожелаете, кроме женитьбы, конечно.

Если вы хотите любви без табу, я предложу вам прекрасную брюнетку или блондинку, на ваш вкус. Соглашайтесь, голубчик. Я в жены не гожусь. Но если вы будете и дальше настаивать, то я рассержусь и побью непослушного мальчика.

— Мне никто не нужен, кроме вас. Не делайте вид, что мы не знакомы. Неужели вы думаете, что я мог не узнать вас под вашей маской? Неужели я могу не узнать ваши глаза, голос, движения, эти губы... Я бы почувствовал ваше присутствие, даже если бы оказался слепым...

Краузе подошел к ее креслу, стал перед ней и, уловив ее пронзительный взгляд, продолжал:

— Не смотрите на меня так. Я не виноват, что вы отрезали для меня всякую возможность с вами познакомиться в Германии. Я вынужден был полететь за вами в Париж, стать членом этого клуба, чтобы, наконец, поближе с вами познакомиться.

Похлопав по ладони концом плетки, Алая Роза презрительно проговорила:

— Вы можете познакомиться только с моей плеткой, если вас это устроит, доктор Краузе. Что же касается близких знакомств, я очень переборчива и выбираю сама по собственному вкусу, с кем и когда знакомиться. Уверяю вас, вы не относитесь к таковым.

– А я предполагаю обратное: вы меня любите, поэтому всячески избегаете, – ухватившись за поручни кресла, на котором сидела Алая Роза, и глядя ей в глаза, ответил доктор.

– А я предполагаю, что вы нахал, негодяй и мерзавец... Вы решили меня выследить и потом шантажировать в своих собственных низких целях, не так ли, доктор Краузе? Сколько же вы хотите за молчание?

– Для начала, пойти со мной в ближайший ресторан пообедать и немного поговорить. Мы же друг о друге ничего не знаем, кроме того, что вы – мой профессор, а я – ваш подопечный.

– И вы хотите, наконец, выйти из-под моей опеки? Нам не нужно идти в ресторан, чтобы узнать, сколько вы хотите. Так сколько же?

– О, Господи! – воскликнул в отчаянии доктор, подняв глаза и руки к потолку. – Скажи этому профессору... Нет, титул профессора в этом клубе принадлежит только одному, который находится этажом ниже... Скажи этой Розе с большими шипами, что я ее не выслеживал. Я ее нашел по визитной карточке, которую она потеряла в коридоре университета. По воле судьбы мы встретились здесь, и я хочу только пообщаться.

— Я для этого здесь и нахожусь, – с презрительным смешком ответила Алая Роза. – Ну что же, доктор Краузе, подойдите поближе. Ну же, не бойтесь. Пока вы будете паинькой, я обещаю, не бить вас плеткой. Вы явились ко мне без обговоренного времени, и клиент, у которого ко мне время, ждет приема в коридоре.

— Пока я здесь, никто к вам не войдет. Все ваши клиенты осчастливят своим посещением господина Профессора ниже этажом. Я их всех туда направил, и думаю, они будут в восторге от его обаяния, – садясь в кресло напротив Алой Розы, ответил доктор.

— Но вы понимаете, что гонорар вместо них придется платить вам, и я не знаю, хватит ли денег на вашем счету. Так что общение со мной обойдется вам дорого.

— Это уже мое дело, мадам. Надо будет – возьму кредит, – не спуская с нее глаз, ответил доктор и вновь попытался взять ее руку.

Она выдернула руку, хлопнула его слегка плеткой и строго проговорила:

— Не прикасайтесь ко мне.

— О, простите, Алая Роза! Я забыл, что у вас очень колючие шипы. Вы не разрешаете только мне к вам прикасаться или и всем остальным тоже?

– Во-первых, здесь я трактую, что клиенту можно, а чего нельзя. Во-вторых, вы без приемного времени. И в-третьих, вы, кажется, пришли совсем не за тем, за чем другие.

– Я передумал. Считайте, что я пришел за тем, за чем и другие. И хочу получить от вас то, что и другие, – настаивал Краузе.

– Вы уверены, что желаете получить именно то, что и другие? – на ее губах появилась опять цинично-презрительная улыбка.

– Я не только хочу, я грежу...

Алая Роза резко встала с кресла, топнула об пол каблучком и грозно приказала:

– На колени, плебей!

Доктор Краузе растерялся и замешкался. Она больно хлестнула его плеткой и повторила:

– На колени, плебей, раб мой, я приказала!

Он упал на колени, пополз к ней. Она, пытаясь остановить доктора, хлестала его с силой плеткой, выкрикивая команды. Но он не слушал ее и продолжал ползти, пока не обнял ее гладкие, стройные ноги и со страстным поцелуем прижался к ним.

Впервые в практике Алой Розы ее клиент вышел из-под ее контроля, заставив ее растеряться. Она с силой оттолкнула его.

– Оставьте меня в покое, немедленно! И уходите вон! Вы получили уже все, что вы хотели! – возбужденно выкрикнула она.

– Я лишился дара речи от вашего нежного прикосновения, – вставая с колен и отряхиваясь, ответил доктор, перебарывая свое возбуждение.

– Что-то на вас не похоже. В любой ситуации вы находите, что сказать. А сейчас, когда вы меня выследили, вы потеряли дар речи? – придя в себя, презрительно продолжала говорить профессор Айсбергманн. – Ну, так я вам помогу. Вы хотите от меня деньги за свое молчание, не так ли? Или же профессорского места? И, если я этого не сделаю, вы разгласите мою тайну? Вы это хотели сказать? Вот видите, я облегчила вашу задачу.

Доктор Краузе не сводил с нее глаз, как будто старался запомнить ее теперешний образ на всю жизнь, и медленно с чувством произнес:

– Алая Роза не угадала. Я хочу жениться на ней...

– А, если она не согласится, вы ей отомстите... Так или иначе, но вы шантажируете, – перебила она его.

Он встал опять перед ней на одно колено, поднял правую руку вверх и, приложив левую ладонь к сердцу, серьезно произнес:

– Клянусь всем святым для меня, что никто и никогда не узнает от меня вашей тайны. Я люблю вас и хочу, чтобы вы были моей женой. – И он опять поцеловал ее ноги, обняв их.

Она не оттолкнула его, а молча и растерянно стояла, выронив из рук свою плеть – атрибут ее уверенности и власти. Впервые ей пришлось заколебаться и проявить слабость. Она уже протянула нежно руку, чтобы погладить его по голове, но тут же отдернула. Уже не так резко она освободилась из его объятий и более миролюбивым тоном произнесла:

– Вы открыли одну из моих тайн. Я не могу вам дать положительный ответ, пока вы сами, своими силами, не узнаете все мои тайны. А до тех пор прошу меня не беспокоить. Ваше время истекло, и я прошу вас покинуть мой апартамент.

С этими словами она прошла к двери, распахнула ее и изящным движением руки указала на выход.

– Мое задание усложняется тем, что женщины – неисчерпаемый источник тайн, однако надежда умирает последней. Можно на прощание поцеловать вас? – остановившись у дверей, произнес доктор.

— Вы уже поцеловали мои ножки, для первой тайны достаточно, прощайте, доктор Краузе.

— До свидания, и до очень скорого свидания, моя любовь, – попрощался Краузе и вышел.

Она захлопнула дверь за ним и, прижавшись к ней спиной, дала волю женской слабости – она вдруг разрыдалась:

«Не хочу! Не хочу любить! Ненавижу! Ненавижу этого Краузе! Он меня никогда не получит!».

Доктор Краузе, напротив, был в самом что ни на есть возбужденно-приподнятом настроении и готов был свернуть любые горы, но добиться руки Алой Розы. Очутившись в коридоре, доктор Краузе послал в закрытую за ним дверь воздушный поцелуй. Затем он снял свою записку с двери и, положив ее под дверной коврик, как на крыльях любви, танцующей походкой, спустился ниже этажом. «Начнем с Профессора, он непременно может о ней узнать больше», – потирая руки, произнес доктор и постучал в дверь.

Над дверью загорелась красная лампочка, сигнализирующая, что Профессор в данный момент занят клиентом. Краузе оперся спиной рядом о стенку, вытащил сигарету и закурил. Из соседних комнат выходили время от времени солидные мужчины и, при виде Краузе, дружески приветствовали его. Снизу по лестнице поднялся господин и направился к двери Профессора. Увидев стоящего рядом доктора, он надменно показал на свои ручные часы и произнес:

– Простите, но у меня сейчас время к Профессору.

– О, вы к Профессору? Тогда вы ошиблись, сейчас он принимает этажом выше, – невозмутимо ответил Краузе, продолжая курить.

Господин вежливо извинился и побежал по лестнице наверх. «Она найдет, что с ним сделать», – злорадно подумал Краузе, вспоминая о побоях Алой Розы, которые до сих пор ощущались на спине.

Открылась дверь, и пожилой господин в маске, поправляя галстук, направился к лестнице. Краузе шмыгнул в дверь до того как она закрылась и постучал о внутреннюю ее часть. Профессор появился из комнаты полураздетым:

– Вы опять ко мне пришли, дорогой доктор!

– с радостным удивлением воскликнул он. – Неужели она вас лишила удовольствия? – показал Профессор глазами в потолок. – Это лучше для меня, моя обязанность вас осчастливить. К тому же я теперь ваш должник. Вы не представляете, какие мужчины меня сегодня посетили благодаря вашим хитростям! Правда, нужно отдать должное, они не совсем были мной удовлетворены, и я не знаю, чего им не хватало. Может быть, вы мне подскажете?

С этими словами Профессор подошел кокетливо вплотную к Краузе и положил ему руку на плечо. Доктор убрал аккуратно руку со своего плеча, к огорчению Профессора, и, проходя в комнату, проговорил:

– У меня к вам очень секретная просьба, и, если о ней кто-нибудь узнает, вы потеряете свое доходное место, а я – голову.

– Нет, нет и еще раз нет! Я не люблю чужих секретов! – вскричал испуганно Профессор. – Для вас я готов на все, но только никаких секретных просьб.

– Если вы хотите первым быть в отеле, Профессор, вы должны уметь иногда и рискнуть для этого.

– Мне хватает того, что я имею, – надув губки и создавая видимость принципиальности, ответил Профессор. – Я работаю в престижном отеле, имею дело только с изысканной публикой. Что мне еще нужно?

– Я думал, вы заинтересованы иметь таких клиентов, одного из которых я только что встретил в дверях, – несколько безразличным тоном продолжал доктор.

– К сожалению, это не мои клиенты, а ее, – он опять показал глазами в потолок, – и это неэтично, отбивать клиентов у своих коллег.

– Мы живем и работаем в демократической стране, и здоровая конкуренция – это важный стимул в вашей отрасли. К тому же я могу вам раскрыть секрет, который вам поможет обвораживать всех, кого вы хотите.

У Профессора загорелись от любопытства глаза.

– Что же это за секрет? – сдержанно спросил он, поправляя свои рюшечки на пеньюаре.

– Вы согласны мне помочь? – задал доктор встречный вопрос.

– Я все-таки ваш должник и, если это не является смертельным для меня исходом или потерей моих клиентов, я согласен, – манерно и с игровым достоинством, ответил Профессор.

– Меня интересует все об Алой Розе. Я хочу, чтобы вы узнали все о ней возможное.

– Вы ей хотите отомстить за то, что она вас не удовлетворила? – с испугом проговорил Профессор.

– Ну что вы, Профессор, я же джентльмен.

– Я постараюсь для вас о ней все узнать, хотя у нас так не принято. Но я надеюсь, это будет между нами.

– С моей стороны я гарантирую и, если хотите, поклянусь хранить тайны Алой Розы, – доверительно ответил Краузе и продолжил: – Я заранее благодарю вас, Профессор.

Он решительно направился к дверям, однако Профессор, неуклюже оббежав его в туфлях на каблуках, загородил ему дорогу.

– Доктор, вы забыли открыть мне свой секрет насчет, ну...

– Ах да! Вашим клиентам не хватает плетки, попробуйте ее заиметь.

– П-п-летки?.. Это же больно?.. Хотя... Надо попробовать... Можно вас поцеловать в щечку на прощание? – потянулся Профессор к доктору губами.

– Нет. Мы все-таки с вами товарищи по взаимной помощи, – доктор протянул Профессору свою визитную карточку. – Если что-то узнаете, срочно позвоните, спасибо.

Доктор Краузе вышел в коридор и чуть не был сбит господином, которого он направил наверх. Вид у господина был странный: растрепанные волосы, рубашка до пупа расстегнута, галстук висел задом наперед. У него были восторженно-безумные глаза. Столкнувшись с Краузе, он ухватил его руку и стал трясти в порыве благодарности:

— Спасибо вам! Как вы правильно подсказали, я бы ни за что не додумался! Сначала нужно подняться выше этажом к Алой Розе – между нами говоря, жаль, что она женщина. А затем сюда, к вершине наслаждения, к Профессору. Прощайте, дорогой... – и он исчез за дверью.

Глава 4

Чтобы не откладывать намеченной цели на далекое будущее, доктор Краузе решил сразу «взять быка за рога», то есть срочно вернуться в Германию и попробовать отыскать все данные о профессоре Айзбергманн в университете.

В секретариате он узнал ее домашний адрес, добыл большой конверт, вложил в него какие-то первые попавшиеся под руку конспекты, а главное – написанное им письмо, и отправился со всем этим по адресу. В ее отсутствии, может быть, ему удастся забросить конверт в ее почтовый ящик и что-нибудь узнать у соседей или у дворника.

Добраться доктору к дому Айсбергманн не доставило никакого труда. Но, чтобы добраться до ее почтового ящика, его должен был кто-то впустить в парадное многоквартирного здания. Зная, что Айсбергманн нет в Германии, он тем не менее позвонил в ее звонок, прежде чем беспокоить соседей, и был несколько обескуражен вопросом «Кто там?». Он слегка прокашлялся, чтобы собраться с мыслями, и представился.

– Я коллега профессора Айсбергманн. Мы с ней договорились встретиться, чтобы я мог передать ей важные документы. Однако она почему-то на встречу не явилась, что на нее с ее пунктуальностью абсолютно не похоже. Вот я и пришел узнать, все ли в порядке, и передать ей документы, если это возможно.

– Одну минутку, я спрошу, – проговорил женский голос.

Через минуту дверь открыли, и Краузе поднялся лифтом на нужный этаж. В дверях его ждала женщина в белом фартуке и чепчике, как в старинные времена. Она проводила его в гостиную, где его ожидал пожилой седой мужчина в инвалидной коляске. Доктор подошел к нему и представился, протянув руку для приветствия:

– Доктор Краузе. Мне очень приятно познакомиться с отцом профессора Айсбергманн, – проговорил он, надеясь в душе, что сделал старику комплимент, назвав его отцом, а не дедушкой.

– С мужем профессора Айсбергманн, – поправил старик доктора.

Если бы вдруг молния пронзила сейчас эту квартиру, Краузе не был бы так поражен, как в эту минуту от слов старика. Он стоял без движения, держа в руках конверт, уставясь ошеломленно полным отчаяния взглядом на человека в инвалидной коляске, и даже не пытался скрыть от проницательного собеседника свое потрясение и сердечную боль. Старик взял у него из рук конверт, положил на стол и предложил сесть. Тот машинально опустился на рядом стоящий стул. На столе он увидел стоящую в серебряной рамке, улыбающуюся Алую Розу в обнимку с веселой девочкой лет восьми.

– Что будете пить, доктор Краузе? – спросил Айсбергманн и позвонил стоящим на столе колокольчиком.

– Сейчас бы я охотно выпил водки и закурил, если вы позволите, – ответил, вздыхая, доктор.

– Конечно, доктор Краузе. Коньяк вас тоже устроит?

Доктор кивнул головой в знак согласия и закурил. На звон колокольчика появилась домработница Даша и, осведомившись, что нужно, ушла выполнять.

– Наталья на недельку уехала в Париж отдохнуть, – начал хозяин квартиры, – она любит Париж.

– Наталья? – удивленно, посмотрев на Айсбергманна, спросил доктор.

– Наталья, – засмеялся Айсбергманн, – а вы думали, я ее тоже зову профессором Айсбергманн? Мы с Натальей отдыхаем отдельно. Я в основном уезжаю с нашей домработницей Дашей на курорты.

– Вы знаете, где она отдыхает? – стараясь быть безразличным, спросил доктор.

– Конечно. В отеле-клубе «Роза на снегу». Это не то гольф-клуб, не то боулинг-клуб. Мне все равно. У нас с ней договор, друг другу не мешать, когда мы отдыхаем. Она звонит мне время от времени из Парижа.

«Бедная Наталья... ей только там и можно отдохнуть от этого старика», – подумал Краузе и негодующе посмотрел на собеседника, который с улыбкой вынес его взгляд.

Домработница Даша принесла коньяк, налила в бокалы и, предложив их каждому из собеседников, удалилась.

– Можно ли вас спросить, как вы поженились? – продолжил разговор Краузе.

– Это долгая история. Но поверьте мне – волей жестокой и счастливой судьбы. Для меня Наталья и Машенька – это все: солнце, воздух, море, одним словом – все... И нет человека, который больше всего желал бы им заслуженного счастья, чем я.

«Конечно, старый козел, чем же ты заслужил любовь к себе Натальи? Ты попросту сделал ее своей жертвой», – с горечью и сарказмом подумал Краузе и опять наградил его возмущенным взглядом.

– Я не знаю, способны ли вы меня понять, доктор Краузе. Но мечта моей старости – это чтобы моя Наталья нашла себе молодого человека, которого она бы полюбила, и который бы любил ее, как я, и никогда бы не предал ни при каких обстоятельствах.

— Так разведитесь с ней, и она сразу найдет себе молодого человека, – вырвалось из души доктора.

Айсбергманн улыбнулся:

— Наталья не хочет пока этого. Нас держит вместе не связывающий нас документ, а родственные, дружеские отношения. Если она пожелает развода, я буду знать, что она полюбила кого-то, и буду счастлив.

«Так я тебе и поверил. Знаю я вас, эгоистичных стариков. Сначала поешь о ее счастье, а если она найдет кого-то, начнешь шантажировать. В жизни не поверю, чтобы такая эффектная женщина не встретила в жизни достойного мужчину».

— Да, она встречала в жизни мужчин, – как бы читая его мысли, продолжал старик, – но, к сожалению, они принесли ей только несчастье. И это очень печально... Оказывается, очень трудно найти человека, который не предаст, которого не только можно любить, но и ему доверять...

— А эта маленькая девочка, ваша дочь? – указывая на фото, спросил доктор.

— Это милое дитя зовут Машенька, – сделав паузу и глотнув из бокала коньяка, произнес Айсбергманн и добавил, не отвечая на вопрос: – Я, кажется, немного больше выпил, чем полагается, и неприлично разоткровенничался, наверное потому, что вы мне кажетесь симпатичным молодым человеком. И я совершенно забыл, что у молодых людей очень много дел и обязанностей.

При этих словах доктор спохватился, поняв мягкий намек Айсбергманна. Он поблагодарил его за коньяк, поставил пустой бокал на стол и поднялся, бросив последний взгляд на фото, с которого на него смотрели смеющаяся маленькая девочка и женщина с искренней, открытой улыбкой, добрыми глазами и благородным выражением лица.

Алая Роза отличалась от этой женщины презрительной насмешливостью, а профессор Айсбергманн – своей невозмутимой надменностью. Эта нравилась ему больше всего и казалась ему самой притягательной и неотразимой.

Они распрощались обоюдным рукопожатием, и доктор Краузе покинул квартиру. Он спустился на лифте вниз и вышел из парадного. В этот момент он увидел верзилу шофера, открывавшего дверцу авто, из которого вышла девочка, похожая на дочь Айсбергманн на фотографии. Они прошли мимо него и зашли в дом.

Доктор Краузе отправился прямо домой, занятый только мыслями о своей профессорше.

«Почему она вышла замуж за этого старика? Что имел в виду старик, говоря о «воле жестокой и счастливой судьбы»? И вообще, что это за странный супружеский брак, где муж хочет выдать замуж свою жену «за достойного мужчину»? Все очень странно. Однако, я вел себя с ней непристойно. Даже не знаю, как я явлюсь перед ее глазами».

Краузе вошел в свою холостяцкую квартиру, где на полу в ящиках и на временно поставленных стеллажах лежали и стояли книги, папки. Белые стены были без единой картины, а окна – без занавесок. У стены рядом с окном стоял большой письменный стол с компьютером, полочками для дисков и какими-то конспектами. У другой стены находился раскладной диван с телевизором напротив.

Впервые вошедший посторонний без труда определил бы отсутствие женщины, способной волшебным образом преобразить, украсить и создать неповторимый уют и тепло в любой заброшенной берлоге.

Доктор снял свой галстук, повесил его на стул и, шлепнувшись на диван, включил телевизор.

Этот ящик был включен всегда на программу спорта, а остальное время дома доктор проводил у компьютера.

Как раз шел теннис, и по счастливому совпадению как раз играл его любимый теннисист. Доктор не успел еще как следует заострить свое внимание на игре, как зазвонил телефон. Он узнал голос Профессора из отеля «Роза на снегу».

– Дорогой доктор, я вам уже звонил один раз, но вас не было дома. Узнал я, к сожалению, не очень много по вашему вопросу. Но то, что я узнал, для меня было большим открытием. Я теперь знаю, с кем нужно быть в очень хороших отношениях. Вы стоите? Сядьте, а то упадете в обморок. Оказывается, Алая Роза и есть наша покровительница, наш ангел и наша владелица отелем. Представляете? Я благодарен вам за вашу просьбу и ваше доверие. Конечно, это все останется между нами. А вот кто она сама – Алая Роза, я пока не узнал. Есть у нас одна такая смазливая блондинка, которая что-то о ней знает, но она же сущая партизанка. Я с ней и так и сяк, а она – никак.

Краузе поспешил его остановить:

– Большое спасибо, Профессор, дальнейшей информации мне уже не нужно. Мне вполне достаточно только этой.

– Мне уже и самому интересно, кто же эта загадочная Алая Роза?

– Профессор, если вы не хотите в дальнейшем больших неприятностей, срочно откажитесь от дальнейших расследований. Это серьезно!

– Что вы говорите?! Ну тогда... другое дело. Я уже говорил, что не хочу никаких неприятностей и меня это совсем не касается. Спасибо, что вовремя предупредили, а то мало ли... Ну, а когда вы к нам заглянете в гости? Буду очень рад вас видеть. Ах, как жаль, что такой красивый мужчина, как вы, любит другой пол... Но, если вы когда-нибудь будете в нем разочарованы, приходите ко мне и я вас осчастливлю...

– Профессор, мы же договорились, – с укоризной произнес в трубку доктор.

– Да... да... доктор. Но услышав ваш голос в трубке, я обо всем забыл. Мне ничего не остается, как быть вашим товарищем. Однако я этому тоже очень рад. И так, до встречи в Париже, доктор.

Глава 5

Через неделю Наталья возвратилась из Парижа в Германию с большим чемоданом, полным подарков. Услышав в прихожей ее голос, Машенька бросилась к ней с восторженным криком: «Мама, мама приехала!» – и повисла у нее на шее с поцелуями. Наталья радостно обняла ее, расцеловала в щечки и, покрутив несколько раз вокруг себя, поставила дочь на пол.

– Подарки я буду дарить после ужина, как всегда. Ты себя хорошо вела и не сердила папочку и бабушку? Ты же знаешь, что нашего папочку сердить нельзя?

– Я себя хорошо вела, папочка подтвердит, – Машенька потянула маму в гостиную прямиком к Айсбергманну и обратилась к нему: – Правда, папа, я хорошо себя вела?

– Конечно, дорогая, а разве ты можешь себя плохо вести? Ты у нас – золото, – ответил Айсбергманн, улыбаясь и гладя ее по голове.

Наталья подошла к мужу, поцеловала его в щеку и спросила о самочувствии.

– Слава Богу, пока все стабильно и ничего не болит. Как ты отдохнула?

– Немного устала от отдыха. Поедем на недельку с Машенькой на море, у нее как раз с этой недели начинаются каникулы. Хочешь с нами поехать вместе с Дашей?

– Нет, дорогая, с вами ездить тяжело. Мы

уж лучше с Дашей куда-нибудь одни поедем или с ней дома посидим, правда, Дашенька? – обратился он к вошедшей домработнице.

Даша обняла Наталью, поцеловала ее в щеку и ответила Айсбергманну:

– Я не слышала, о чем вы тут говорили, но вы мое мнение знаете, господин Айсбергманн, – многозначительно проговорила домработница и добавила: – Мне все равно пока некогда с вами разговаривать, я готовлю ужин, – и поспешила на кухню.

– Да... да... Дашенька, – слегка смутившись, ответил Айсбергманн и продолжил, обращаясь к Наталье: – Я бы хотел, дорогая, с тобой серьезно поговорить после ужина. Да, кстати, к нам приходил один очень симпатичный молодой человек, к которому ты «забыла» прийти на встречу, и он оставил тебе вот этот пакет. Его зовут доктор Краузе, – он пытливо посмотрел на Наталью.

От старика не ускользнуло ее легкое замешательство, сменившееся яростным негодованием.

– Как он посмел прийти сюда, подлец, негодяй, бездельник, тупица, аморальный тип!.. – она перевела дыхание и уже более спокойным тоном продолжила, повернувшись к старику: – Прости, папочка, что я сорвалась, но этот тип постоянно преследует меня...

– По моему мнению, на маньяка он не похож и тупицей не выглядит тоже. Это, дорогая, не у него, а у тебя проблема.

– Что ты имеешь в виду?

– То, что ты напрасно пытаешься убежать от любви. Этого лучше не делать, иначе потом будешь сильно жалеть...

– Ха-ха-ха... – несколько наиграно начала смеяться Наталья. – Откуда ты взял, что я его люблю? Я его ненавижу! Не-на-ви-жу! Ясно?!

– Ты можешь обманывать себя и кого хочешь, только не меня. Любящего отца обмануть трудно. Мы с Дашенькой всегда были тебе хорошими родителями, добрыми советниками и преданными друзьями. Послушай нас, нельзя постоянно и категорически никому не доверять только потому, что тебя когда-то жестоко обманули и предали. Не гони от себя людей, дай человеку шанс себя проявить, тебя узнать, и дай себе шанс испытать его на верность. Не делай поспешных заключений. Ты же у нас стала профессором благодаря упорному труду, большой выдержке, постоянному терпению и способности к анализу. Почему же ты все это не применяешь в жизни? Ты должна и в реальной жизни проявлять все эти качества, и быть профессором и мудрецом. Ты должна победить свое прошлое, постараться забыть. Дай шанс доктору Краузе.

Полная растерянность исчезла с лица Натальи при появлении Даши с Машенькой.

Даша, вытерев об полотенце руки, попросила Наталью и Машеньку помочь накрыть на стол. Ужин ею был уже приготовлен. Наталья и Машенька направились к буфету доставать тарелки и столовые приборы, накрыли стол, после чего все заняли свои привычные места.

Даша принесла приготовленную еду, зажгла свечи и, подсев с левой стороны от Айсбергманна, прочла молитву и пожелала всем «приятного аппетита». Все молча сосредоточили свое внимание на еде.

Мысли Натальи вились вокруг Краузе и разговора о нем с Айсбергманном. Она избегала взгляда старика, а он, понимая ее состояние, не мешал ее мыслям и не задавал лишних вопросов. После ужина он остановил движением руки Дашу, собравшуюся встать:

– Сиди, Дашенька, – и обратился к Наталье: – Наталья, помоги, пожалуйста, с Машенькой убрать со стола, Даша посидит со мной.

– С удовольствием, – ответила Наталья и начала собирать посуду. Ей охотно помогала Маша.

От Натальи не ускользнуло Дашино легкое возбуждение. Она что-то тихо говорила Айсбергманну, тот согласно кивал головой и похлопывал ее легонько по ладони.

Наталья поставила грязную посуду в мойку, поблагодарила Машеньку за помощь. Машенька тут же напомнила маме об обещанных подарках и запрыгала около чемодана. Наталья принесла его в столовую, где сидели Даша и Айсбергманн, и раскрыла. Там лежали красиво упакованные и подписанные пакеты с подарками.

Первой получила подарок Машенька. Она с нетерпением развернула свой пакет, в котором лежал игровой диск «Мода и моделирование нарядов для кукол».

– Какая прелесть! Это как раз то, что я хотела! Спасибо, мамочка! – восторженно поблагодарила Машенька, поцеловала маму в щеку и добавила: – Я посмотрю, что ты подарила папе и бабушке, а потом пойду в свою комнату и поиграю в эту игру на компьютере.

Наталья вытащила еще один пакет и протянула его Даше:

– Не знаю, понравится ли тебе, но мне очень понравились.

Наталья с улыбкой наблюдала, как Даша развернула свой подарок, вытащила ювелирную коробочку и открыла ее. Девушка была довольна своей покупкой, увидев благодарный взгляд Даши и ее восхищение подарком.

Даша вытащила из коробочки золотые сережки с большими жемчужинами, показала их всем присутствующим и стала примерять.

– Тебе я купила то, что ты давно хотел иметь, – загадочно произнесла Наталья, протягивая пакет Айсбергманну.

– Интересно, что же я хотел иметь? – проговорил с любопытством Айсбергманн, распаковывая пакет. – Я уж о своем заветном желании забыл... – Ух ты! Дрезденская галерея, подарочное издание! Какой прекрасный экземпляр! Вот это подарок! Спасибо, дорогая!

Машенька помогла Даше вдеть сережки в уши, затем подбежала к Айсбергманну и со словами «можно я посмотрю» стала листать книгу о Дрезденской галерее.

– Так тут только картины... – разочарованно произнесла девочка, закрыла книгу и побежала в свою комнату играть в компьютер.

Когда ребенок скрылся в своей комнате, Айсбергманн предложил Наталье сесть.

— Мы хотим с тобой поговорить, Наталья, – Айсбергманн глубоко вздохнул и продолжил: – Я хочу с тобой развестись и жениться на Даше. Ты уже крепко стоишь на ногах, Машенька выросла и, в принципе, почти не нуждается в нашей помощи.

— Мы так хорошо вместе все эти годы жили. Вы с Дашей жили как муж и жена, только без штампа в паспорте. Машенька еще не достаточно большая, чтобы одной оставаться дома. Почему сейчас вы решили жениться?

— Даша не хочет так жить, она хочет, чтобы все было официально. Она хочет иметь статус жены, а не домработницы. Я так сказал, Дашенька? – повернулся он к Даше.

Та активно закивала головой и добавила:

— Если Наталья согласна, я и дальше буду заботиться о доме, как и раньше, только в другом статусе. А лучше, чтобы мы с Хельмутом где-то на природе жили. Ему нужна природа, свежий воздух. Ему нужна трава, деревья, река... Я собрала немного денег из зарплаты, которую ты мне платила, плюс его пенсия, и мы с Хельмутом можем снять и оплачивать домик где-нибудь в хорошем для него месте. Нам нужно только твое согласие.

– Вы же знаете – ты, Даша, ты, Хельмут, и Машенька для меня самые дорогие и близкие люди. Как все дети, в своей эгоистичной любви к вам я не видела ваших проблем, и только сейчас они вдруг открылись передо мной очень ясно. Я столько лет пользовалась вашей любовью и удобством, которые вы мне создавали, и мне казалось, что вы так же счастливы и довольны, как мы с Машенькой. Я хочу от души поблагодарить вас за все, что вы для нас сделали, и пожелать вам счастья и долгих лет совместной жизни в здравии.

Наталья подошла к Хельмуту и Даше, поцеловала обоих в щеки, взяла их кисти рук и соединила.

– Мой свадебный подарок для вас будет ваша свадьба в церкви и домик на природе, – она поцеловала удивленных и радостных стариков еще раз, и добавила: – А сейчас я пойду в свою комнату и побуду одна.

Наталья уже повернулась, чтобы уйти, но Хельмут ее остановил: «Наталья, возьми письмо доктора Краузе». Она вернулась, взяла со стола письмо и ушла в свою комнату.

Глава 6

Какое-то непонятное состояние грусти, тоски, одиночества и сострадания к себе, смешанное с чувством привязанности, благодарности и дочериной любви к старикам, безотчетно заняли ее сознание. Слезы почему-то сами выступили на ее глазах и тонкими струйками покатились по щекам. Она вышла на террасу, села в кресло-качалку и устремила свой мутный от слез взгляд в бездонную глубину звездного неба.

Воспоминания увели ее далеко в прошлую жизнь, на ее родину Украину, в ее родительский дом в Киеве, где она росла в атмосфере журналистского и литературного творчества своих родителей. С болью и отвращением вспомнила она свою первую любовь к студенту папиного факультета, и его признание в вечной любви и преданности...

Потом крах Союза ССР, отделение Украины, борьба за власть каких-то группировок, рэкет, бандитизм, коррупция. Какой-то группировке не угодили ее родители, и однажды, придя домой после школы, она нашла их мертвыми...

Ее «любимый» уверил ее, что якобы за ней также охотится банда, и спрятал ее у себя. Они решили пожениться, подали заявление в ЗАГС, он переписал квартиру ее родителей на себя, однако расписаться так и не успели по «непредвиденным причинам».

Когда она забеременела, он заявил, что для полной безопасности ей надо переехать за границу: «За границей тебя никто не найдет. Мои друзья отвезут тебя в Германию к моей сестре. Ты не беспокойся, я все устрою».

И вот она уже едет в «Мерседесе» с его друзьями, которые не выглядят студентами и не относятся даже близко к интеллигентной прослойке, ее паспорт у них в кармане, а не у нее. Они не стеснялись в выражениях, и ни одно их предложение не оставалось без грубой брани. Сидящий рядом с ней рассказывал пошлые анекдоты, ржал и пытался ее щупать.

– Оставьте, пожалуйста, свое безобразие, – пыталась она защищаться, – я расскажу моему жениху.

– Ха-ха-ха... – дружно ржали мужички, – ты что, девочка, поверила нашему лоботрясу? Да он уже не одну такую дуру, как ты, продал нам. Ты уже наша, и мы можем с тобой что хотим сделать. Но мы с тобой ничего не сделаем, мы перепродадим тебя в бордель, там славянских девочек любят, – перебивая друг друга, кричали мужики. – Твой студент переквалифицировался, он теперь предприниматель, и дело у нас сообща идет хорошо.

Ужас, боль и отчаяние охватили ее, она тщетно пыталась уговорить их отпустить ее, выбросить просто из машины.

– Я беременна, – пыталась вразумить их Наталья.

– Нам все равно, это проблема тех, кто тебя купил, и тебя, деточка, там уже ждут, а нас ждут «бабки» – и хорошие, должен сказать, – и с этими словами сидящий возле нее полез к ней под юбку.

Она оттолкнула его рукой в лицо. Он ухватил ее ноги и, раздвинув их, потянул на себя. Она ударилась больно о дверь авто и беспомощно пыталась руками ухватиться за поручень. Мерзавец навалился на нее всем телом, ей ничего не оставалось делать, как вцепиться ногтями в его лицо. Тот взвыл и с силой ударил ее по лицу кулаком... Последнее, что она услышала, перед тем как потерять сознание, были слова шофера: «Ты, болван, не порть товар! Ни одного синяка не должно быть!» Когда она пришла в себя, неописуемый кошмар продолжался...

При воспоминании об этом ее передернуло, и холодные мурашки пробежали по ее телу, гримаса отвращения искривила ее лицо, и губы прошептали: «Какая мерзость... какой ужас...» Горькие воспоминания не оставляли ее. Давно пережитые события постоянно возвращались к ней в кошмарных снах и давящих мыслях...

Потом опять была дорога... Машина неслась по скоростному шоссе, обгоняя или уступая первенство тому или иному авто. Мелькали посадки зеленых деревьев, мелкие поселения, темные туннели. Главарь сидел рядом с Натальей, опершись головой о стекло авто, и спал похрапывая. За окном давно была ночь, и только свет от фар слегка освещал внутренность авто и разрезал дорожную ночную темноту.

Наталья, осторожно следя за шофером в зеркальце, ощупывала карманы спящего в надежде найти свой паспорт. Машина затормозила, дернулась и остановилась. Спящий открыл глаза и спросил:

— Приехали, что ли?

— Контрольный пункт, – ответил шофер и вытащил из своего кармана все паспорта для пограничной проверки.

Главарь вплотную подсел к Наталье и, подставив ей под ребро нож, прошептал на ухо:

— Сиди тихонько иначе убью.

– Не пугай ее, – обернулся шофер. – Пусть бежит и просит помощи у немцев. Они ей помогут, отправят нас опять на Украину. Вот там ее и убьют. Она ведь не дура, понимает, правда, детка?

Пограничник подошел к машине, шофер открыл окно, отдал паспорта и спокойно ждал, когда тот их сверит. Тот захотел посмотреть багажник, шофер вылез и открыл его на обозрение пограничнику.

– Я в туалет хочу, спросите у него, где здесь есть туалет, – попросила Наталья главаря.

– Мы без него знаем где, не первый раз здесь. Сейчас контроль проедем и чуть дальше справа будет туалет, а слева ресторан. Можем зайти в ресторан супец похлебать, а то что-то горяченького захотелось.

Пограничник отдал паспорта шоферу, и они поехали на остановку к ресторану.

– Я в туалет хочу, – еще раз повторила Наталья.

– В ресторане зайдешь, – ответил шофер.

Они остановились у растянутого одноэтажного здания с примыкающей к нему заправочной станцией и несколькими ларьками. Позади темной стеной стояла посадка деревьев.

«Я должна как-то убежать от них», – думала Наталья, оглядываясь вокруг.

Они зашли в ресторан, в котором аппетитно пахло наваристым бульоном, жареным мясом и специями. Разношерстная публика гудела, как шумный улей, сигаретный дым вился под низким потолком в виде длинной вуали, тусклое освещение от настольных ночников создавало интимную обстановку. «Проводи ее в туалет, а я займу столик», – предложил шофер и пошел вдоль столов. Главарь повел Наталью к туалету, у которого уже стояла пара женщин в ожидании. Он стал у стены, закурил и пробурчал: «Я тебя здесь подожду».

Наталья зашла в туалет, быстро осмотрелась, увидела в одной из кабинок приоткрытое окно и зашла в нее. Она не задумывалась над тем, что может быть с ней дальше, если она сбежит. Для нее главным сейчас было бегство от этих негодяев. Она влезла на стульчак, открыла настежь окно и, ухватившись за край рамы, подтянулась, стала коленками на подоконник и спрыгнула вниз на рассыпанную гальку.

Не обращая внимания на колючие ветки густых кустарников, которые царапали ее до крови, она прорывалась сквозь них с той поспешностью, на которую было способно ее тщедушное тело для спасения своей жизни. За кустами открылась небольшая поляна и вплотную к ней – стена темных деревьев, к которым ее ноги стремглав побежали, не выбирая пути. Наталья спотыкалась, падала и опять бежала, пока не достигла лесной защиты.

Она оглянулась на светящиеся вдали огни пограничной заставы и ресторана, прислушалась, нет ли погони или не бродит ли кто-то в лесу в этой кромешной темноте, и побрела дальше, не зная куда, в какую сторону, только бы подальше от тех дельцов-торговцев человеческими жизнями.

Лесок закончился, и она попала на поле с дебрями высоких растений, которые на ощупь оказались кукурузными стволами с початками. Наталья уже было направилась вглубь, но вовремя передумала и пошла по обочине, как ей показалось, в сторону города.

Так она дошла до железнодорожной насыпи и побрела вдоль нее, время от времени провожая глазами с шумом несущиеся поезда с мелькающими светящимися окнами.

Темнота постепенно растворилась в утреннем белом тумане, однако видимость не улучшилась, просто туман заменил темноту, как один караульный пришел на смену другому. Наталья шла наугад, куда несли ее ноги, и они привели ее к вокзалу небольшого городка. Туман слегка рассеялся, и были видны уже четкие очертания зданий, заборов и садов. Когда она вышла на платформу станции, к остановке как раз подошла электричка, и она вскочила в нее. Вагон был почти пустой, за исключением трех человек, возвращающихся с ночной рабочей смены или, наоборот, стремящихся вовремя попасть на работу. С каждой остановкой вагон пополнялся людьми, и Наталья наконец почувствовала себя в безопасности.

Она уже было вздохнула с облегчением, как вдруг увидела в стеклянной двери другого вагона контролеров, проверяющих проездные билеты. Ее сердце усиленно застучало о грудную клетку, руки задрожали, и она стала проталкиваться в другой конец вагона. Сейчас ей только не хватало попасться в руки полиции, чтобы ее вернули в руки преступников. Когда поезд остановился на следующей остановке, она быстро выскочила на платформу станции и побежала вниз по ступенькам в подземный переход. Выйдя на другом конце, она попала на дорогу, ведущую в город. Наталья не стала по ней идти, а вернулась к железнодорожным путям и, двигаясь в направлении оставленного ею поезда, побрела в некотором отдалении от рельсов.

Уже вечерело, когда она с пересохшими губами от жажды, голодная, уставшая, еле стоящая на ногах, добралась до окраины большого города, который оказался Берлином. Голова кружилась, ее тошнило от пустого желудка.

Ноги ее привели к ярко украшенному китайскому ресторану, в который она зашла и направилась прямо на кухню. Китаец, вежливо кланяясь, преградил ей дорогу, что-то объясняя, чего она не понимала. Наталья показала ему мимикой и жестами, как немая, что она голодна и за обед ему отработает. Тот понимающе кивнул, усадил ее в угол, подальше от глаз посетителей, и принес ей питье и еду. При виде еды она забыла об этикете и принялась поглощать поданное с такой быстротой, что ей позавидовал бы любой звереныш. До поздней ночи ей пришлось работать в ресторане: мыть посуду, составлять стулья на стол, мыть полы и туалеты. Китайцы предложили у них переночевать, однако, помня предательство своего, казалось бы, близкого человека, она побоялась довериться чужим и отказалась.

Постоянно оглядываясь, не идет ли кто за ней, Наталья шла сквозь город, издали обходя другим путем какие-то группки людей или прячась в кустах от случайных прохожих.

Так она добрела до парка, а затем к озеру, и осторожно пошла вдоль берега. Зачем ее сюда занесло, она и сама не знала, просто ноги сами ее сюда принесли. Ночной город со светящими уличными фонарями отражался в воде и, если бы не ее отчаянное положение, этот романтичный вид произвел бы на ее чуткую душу неотразимое впечатление.

Наталья валилась от усталости, глаза слипались, от ночной прохлады зуб на зуб не попадал. Съежившись от холода и спотыкаясь о камни, она шла, ища место более или менее сухое и укрытое от чужих глаз, чтобы завалиться и немного поспать. Она была уже не в силах ни думать о плохом настоящем, ни о хорошем прошлом. В ее голове крутилась только одна мысль:

«Может мне просто утопиться и все? Сразу разрешатся все мои проблемы».

Но, взглянув на холодную бездушную воду, с горделивой силой посылающую свои волны к берегу, ее передернуло:

«Нет, она меня не победит. Я должна жить для этого ребенка, которого я ношу в себе. О предателе-отце я ему никогда не расскажу, даже под пытками».

Ноги наступили на что-то гладкое – это был большой кусок картона, к маленькой радости

Натальи. Она тут же им воспользовалась, оттащив в кусты, где сразу же на него улеглась калачиком и уснула.

Глава 7

Наталью разбудил шорох гальки. Осторожно приподнявшись и поежившись, она осмотрелась и прислушалась. В легком туманном рассвете, в нескольких метрах от ее укрытия появился человек в инвалидной коляске. Он развернул коляску навстречу волнам, некоторое время задумчиво смотрел на озеро и вдруг решительно с силой стал крутить руками колеса вперед. «Он что, ненормальный? Решил коляску искупать?» – подумала Наталья, наблюдая за ним. Коляска плохо поддавалась, застревала в песке с галькой, но он продолжал с силой преодолевать препятствия. Вот уже колеса погрузились до половины в воду, и тут Наталью осенило: «Он же хочет покончить с собой!»

Она выскочила из своего укрытия, не снимая с себя одежду, побежала по воде к человеку, и стала изо всех сил тащить коляску обратно. Он что-то кричал ей на немецком, но она его не понимала и в эту минуту не собиралась понимать. Коляска перевернулась, человек вывалился из нее и опустился под воду. Наталья ухватила его за куртку и с трудом потащила за собой. Его ноги беспомощно волочились, он был в одних носках, туфли проглотила вода. Он кричал ей что-то, и она по интонации понимала, что он ругает ее последними словами, сопротивляясь изо всех сил и пытаясь вырваться из ее рук.

Ей удалось вытащить мужчину на берег, и она уже не чувствовала холода, несмотря на то, что была полностью мокрая. Борьба с незнакомцем ее согрела. Наталья вернулась за коляской, которая глубоко погрузилась в песок, однако ей все-таки удалось освободить ее и с огромным трудом выкатить на берег.

Мужчина перестал ругаться и пассивно наблюдал за спасительницей. На вид ему было лет под семьдесят, седовласый, худощавый, с интеллигентными чертами лица и пристальным внимательным взглядом. С его седых волос стекали струйки воды ему на лицо, одежда была насквозь мокрая, однако он сидел неподвижно, как статуя, уставившись на воду.

Наталья за спиной у мужчины сняла с себя вещи, выкрутила их, одела опять и, подойдя к нему, ни слова не говоря, стала стаскивать с него одежду, выкручивать и одевать заново. Он не сопротивлялся, казалось, ему было безразлично, что с ним делают.

Закончив процедуру, она ухватила его под мышки и попыталась посадить в коляску, однако он висел на руках, как обвисший труп, и даже не пытался ей в этом помочь. После нескольких попыток она все-таки усадила его и спросила на ломаном английском:

– В какой стороне ваш дом?

– Мой дом – там, – он показал кивком головы на озеро, – но ты забрала меня оттуда...

Наталья наклонилась к нему и, глядя ему в глаза, ответила:

– Вы еще успеете в тот дом и, может быть, я составлю вам в этом компанию, а пока идемте туда, где мы с вами можем обсушиться и согреться, я уже несколько дней мерзну. Так куда мы поедем?

Он кивнул головой вправо и она, повернув коляску в том направлении, с силой покатила ее, торопясь попасть быстрее в теплое помещение, чтобы в мокрой одежде не заболеть самой и не простудить старика.

Добрались они почти к полудню. Попав в квартиру и закрыв за собой дверь, она прежде всего стала быстро стаскивать с незнакомца мокрые вещи и, раздев догола, уложила его в кровать под теплое одеяло.

– У вас есть водка? – спросила его Наталья.

– К-к-коньяк в б-б-буфете, – заикаясь от холодной дрожи, ответил незнакомец и показал головой в направление другой комнаты.

Наталья побежала к буфету и вскоре принесла две полные рюмки с коньяком, которые поставила на рядом стоящий ночной столик. Она усадила удобно незнакомца на кровати, протянула ему одну из рюмок, вторую взяла сама и, чокнувшись с рюмкой незнакомца, произнесла:

– Выпьем за наше необычное знакомство. Меня зовут Наталья, а вас?

– Хельмут. Хельмут Айсбергманн, – ответил мужчина и залпом выпил содержимое.

Наталья опять ушла в другую комнату, принесла бутылку коньяка и стала им растирать и массировать Хельмута до красноты, потом одела ему пижаму, укрыла одеялом, и он мгновенно уснул. Она нашла еще одну пижаму и отправилась искать ванную.

Давно с таким наслаждением и удовольствием она не стояла под душем. Теплые струи воды приятно согревали и как будто ласкали ее нежное девичье тело, щекотали торчащие соски упругой груди, гладили округленный животик, коснувшись волосиков промежности, нехотя растекались по ногам и, поцеловав напоследок кончики ее пальцев, соединялись в общий уходящий прощальный поток. Она была благодарна воде, смывающей ее брезгливые ощущения позора, унижения, и грязь прикосновения тех омерзительных людей. О, если бы вода могла смыть все происшедшее из ее памяти, а из сердца – боль предательства и ненависть! Но это все останется с нею на многие годы, а может быть, и до конца ее дней. Она уже никогда не будет той восторженной, искренне влюбленной девчонкой, всем своим существом отдавшейся страстям любви, романтично идеализируя свой объект обожания и верящей в их совместное цветущее будущее.

Она задернула занавески на окне от дневного света, легла с другой стороны Хельмута на широкую деревянную кровать, повернувшись лицом к нему, укрылась одеялом и с тяжелыми думами молча лежала, пока не уснула. Ее разбудил голос Хельмута:

«Мария, Мария, не бросай меня... не уходи...»

«Бедняга, – подумала Наталья, открыв глаза, – его тоже предала его Мария, как меня мой... Но его хотя бы не продали».

Она включила настольную лампу и посмотрела на Хельмута. Он спал неспокойно, бормоча что-то во сне. Нездоровый румянец окрасил его впалые, слегка заросшие щетиной щеки.

Она положила свою руку ему на лоб, он был горяч. Несмотря на ее усилия, он все-таки заболел и теперь лежал с высокой температурой и бредил. Без колебаний, вскочив с кровати, она побежала на кухню, поставила чайник, пошарила по всем шкафчикам в поисках чая и посуды, заглянула в холодильник, где нашла лимон и полбанки меда. Она приготовила чай по бабушкиному рецепту, которым когда-то ее покойная бабушка отпаивала ее больную, поставила чашку с чаем на поднос и понесла в спальню. Тихонько разбудив Хельмута, она напоила его чаем, положила мокрую выжатую тряпочку на горячий лоб, попросила разрешения взять у него деньги для покупки еды, переоделась и пошла в магазин.

Несколько дней подряд Наталья ухаживала за Хельмутом: натирала его коньяком, поила куриным бульоном и чаем, переодевала, когда его одежда была влажна от пота. Эти дни жили их.

После того как Хельмут узнал историю Натальи, они оба стали думать, как ей поступить лучше: сдаваться на «азыль» – статус беженца –

не было смысла. «Украина уже имеет независимость, идет демократическим путем, и политического преследования быть не может» – так звучало в новых постановлениях. Все варианты, которые они обдумывали, грозили ее выселением, исключая только одно – замужество. Они решили жениться.

Когда Хельмут выздоровел и окреп, они занялись документами и ее паспортом. Хельмут ездил на инвалидной коляске по всем администрациям, добывая всевозможные справки и документы. В Украинском посольстве ему строили всяческие препятствия, и Хельмут не жалел своих финансов, чтобы удовлетворить требования посольства.

Пока у Натальи оказались на руках все документы, ее животик значительно вырос и сильно округлился. Они все-таки успели пожениться до появления ребенка. Девочку назвали Машенькой. Наталья поступила в университет, в то время как Хельмут и их домработница, которую Наталья встретила случайно в магазине – русская Даша, смотрели за Машенькой. Пенсии Хельмута не хватало, и Наталья подрабатывала вечерами в ресторане официанткой. Она преодолевала все трудности своим упорством, терпением и целеустремленностью, закончила с отличием университет, защитила докторскую, а затем и титул профессора.

Работая официанткой, она однажды встретила в ресторане русскую девушку, разговорившись с которой, получила предложение посетить их заведение-клуб, где она, возможно, могла бы работать и намного больше получать. Как оказалось – это был бордель средней категории, где не хватало домины, и ей предложили попробовать быть ею. Она колебалась, однако затруднительное финансовое положение семьи заставило ее согласиться. Наталья сшила себе из черного атласа соответствующий этому заведению костюм, такого же цвета маску, и начала свою карьеру в качестве домины. Пошло, и даже очень неплохо. Бордель стал быстро процветать и ее финансы тоже. Ее новой семье стало хватать на все, включая отдых на море и банковские сбережения.

В борделе она работала всегда только в маске, но тем не менее ее тревожило раскрытие тайны, несмотря на всю ее осторожность. К ее услугам прибегали весьма уважаемые боссы города, и некоторые доктора и профессора из ее университета. Посоветовавшись с «Голубой незабудкой» – так звали русскую девушку, которая в ресторане предложила Наталье работу в борделе, они вместе решили стать самостоятельными предпринимателями и открыть свой бордель... в Париже. Так возник отель-клуб «Роза на снегу», вначале в маленьком помещении, а затем, превратившись в то, чем являлся сегодня – люксус-клубом.

Ночная прохлада заставила Наталью поежиться и стряхнуть остатки воспоминаний. Она зашла в комнату, включила настольную лампу, открыла конверт, который передал ей Хельмут, и, вытащив чей-то конспект, увидела выпавший листок. На нем стояло:

«Умоляю, дайте мне счастье быть рядом с Вами, быть Вашей крепкой стеной, ограждающей Вас от всего плохого, быть ступенькой, по которой поднимаются Ваши ножки, быть зонтиком, чтобы ни одна капля не упала на Вашу милую головку, быть Вашим молниеотводом, снимающим ненужный стресс, раздражение и заботы. Позвольте мне быть вблизи Вас и наслаждаться Вашим присутствием.

Ваш преданный Клаус Краузе».

Наталья села на кровать, еще раз прочла послание и, прижав его к груди, прошептала:

«Как мне после долгих лет одиночества и ненависти к мужчинам пойти на сближение, отдаться страсти и поверить? Однако, как невыносимо трудно уйти от любви, которая заставляет тебя дрожать при виде любимого, когда ты никого не видишь и не слышишь, кроме него, когда вспыхивает огненное пламя внутри тебя при его горячем прикосновении, и ты готова на все, чтобы всегда быть с ним. Как я могу уйти от этого чувства! ...Хельмут прав... я должна дать шанс доктору Краузе и себе. Это чувство я должна опять испытать!»

ШКАФ

После очередного скандала со своей матерью Таня, девица тридцати лет, искала повод с ней помириться. Конфликты возникают при разнице поколений почти всегда, когда взрослые дети живут с родителями. Для мамы дочка в любом возрасте всегда остается маленькой девочкой. Это приводит к постоянным недопониманиям личных проблем и даже к нежеланию понять друг друга.

Попытки Тани стать самостоятельной пресекались требованиями полного послушания из любви к маме и на благо горячо любимой дочери. Так или иначе, в конце концов девушке приходилось следовать всем советам своей мудрой и всезнающей матери. Любое несогласие дочери регулярно наказывалось обиженно-отчужденным молчанием мамочки, и девушка постепенно привыкла во всем соглашаться с ней.

Вот и в этот раз после ссоры с мамой и из-за ее невыносимого молчания Тане было не по себе. Ее мучили угрызения совести и, чтобы сгладить накалившуюся атмосферу в доме, она решила порадовать маму чем-нибудь приятным.

После долгих раздумий и колебаний девушке пришла в голову великолепная идея – купить маме шкаф, о котором она уже давно мечтала. В маминой комнате вместо шкафа была ниша, а в ней – самодельные полки для вещей, что выглядело довольно неприглядно. Конечно же, это будет лучшим подарком для мамы!

Таня долго выискивала по компьютеру подходящий шкаф, который по размерам встал бы прямо в нишу, однако таких размеров не было. Все шкафы были буквально на два сантиметра шире этой проклятой ниши. Девушка решила купить такой, какой есть, в надежде, что сможет переделать его с чьей-нибудь помощью, и заказала стандартный шкаф в фирме «Амазон».

Подарок как-то надо было оформить и превратить в торжественный сюрприз. Для этого дочь позвонила маминой близкой подруге и, объяснив ситуацию, попросила ее выманить маму из дома. Та охотно согласилась в определенное время пригласить маму на кофе.

Затем Таня созвонилась с одной из своих подруг, чтобы узнать, нет ли у нее знакомого мастера, который смог бы помочь ей подпилить и поставить в нишу шкаф. Подруга охотно дала координаты умелого на все руки парня, и Таня тут же ему позвонила.

Молодой мужчина, которого звали Колей, согласился прийти и помочь в запланированное Таней время. В конце разговора она объяснила:

– Шкаф стандартный и в стенную нишу не влезает, нужно его немного подточить или отпилить. Я совсем не знаю, что в таком случае можно сделать, но вам, как мастеру, будет виднее. Только не забудьте взять с собой для этого нужные инструменты. Большое спасибо вам, – закончила Таня и положила трубку.

В день установки шкафа мать уже с утра ушла по приглашению своей подруги на посиделки – поиграть в карты, посплетничать и попить кофе. Почти сразу же после ее ухода привезли шкаф и занесли в комнату мамы.

Как и договорились, в назначенное время пришел знакомый подруги с рабочими инструментами, представился Колей, и они вдвоем с Таней попытались вставить шкаф в нишу. Однако он никак не помещался.

Коля измерил сантиметром нишу, шкаф, взял лист бумаги и стал что-то на нем чертить.

– Нам нужно все успеть сделать до прихода

моей мамы, – торопила его Таня.

– Не волнуйтесь, все успеем...

Они развинтили шкаф, уложили аккуратно по целлофановым кулечкам гвозди и шурупы, Коля отпилил лишние сантиметры и стал свинчивать детали.

Но тут вдруг Таня услышала звук открывающейся входной двери. Она торопливо захлопнула дверь в мамину комнату и прокричала:

– Мамочка, не заходи, пожалуйста, в свою комнату, отдохни в моей, я не одна, у меня здесь гость по одному очень важному делу.

У мамы от возмущения чуть не перехватило дыхание: «Как это так – гость в мое отсутствие?!» Она машинально повесила ключи на гвоздик, сняла пальто и совсем не знала, что же ей в такой ситуации дальше делать.

Мать стала нервно ходить по коридору туда-сюда, распаляя себя нехорошими подозрениями. Потом, невзирая на просьбу дочери, она подошла на цыпочках к своей двери и посмотрела в замочную скважину, но на ручке с другой стороны что-то висело и ничего не было видно. Тогда мама прильнула к двери и стала подслушивать негромкий напряженный разговор, доносившийся из комнаты.

ШКАФ

– Что-то никак не встает... Ну... ну... вставай же! – послышался мужской голос.

«Импотент что ли, ну слава Богу», – подумала про себя мама.

– Коля, ты не так вставляешь, ты повернись в эту сторону, так нам обоим будет удобней и все получится!

«Господи милостивый, и эта моя дочь?!.»

– Хочешь так? Ну, давай попробуем... – опять раздался мужской голос.

«Вот негодяй, и откуда он взялся на нашу голову?»

– Опять немного не влезает... Давай, я

помогу... Ой, сильно не дави... Покачай туда-сюда... Не спеши... Вот так хорошо... Давай глубже... – донесся голос Тани с легким стоном облегчения.

«Да что же это такое!.. Такого бесстыдства я себе и представить не могла...»

– Убери руки! Не мешай! – мужской приказ.

«Уж для мужика это дело нехитрое, он и сам с этим справится...»

– Не надо, я сама... – голос любимой дочки.

– У тебя он плохо встал, давай вместе... Фу... хорошо...

«Тьфу, срам какой!» – чуть не выкрикнула матушка.

– Вместе хорошо получается, – мужской напряженный голос,– а втроем было бы еще лучше.

«Ну извращенец! Да вам кобелям все равно с кем, абы дыра была, вам и с бревном хорошо будет!..»

– Осторожно, еще глубже суй... Ой, больно!.. Ничего, не обращай внимания, давай, дальше толкай... вот та-а-к... – голос дочери звучал удовлетворенно и облегченно.

«Прожила весь век с дочкой и не знала, что она такая...»

– Извини, это я виноват... давай еще раз... Потерпи, сейчас закончим... – мужской сочувственный голос.

«Им, кобелям, всегда мало...»

– Конечно, давай! Вот так... Вот так... Фу-у-у... Вот и кончили! Надо же, как хорошо! Спасибо тебе, Коля, даже не знаю, как тебя отблагодарить. Я приготовила еду для тебя, пойдем выпьем за удачное завершение и поедим.

«Она еще его и кормить будет! Нормальным женщинам мужики платят!»

Мамочка быстро шмыгнула в дочкину комнату, тихонько закрыла дверь, шлепнулась на кровать и стала переваривать в голове все происшедшее.

Таня увела Колю на кухню, усадила гостя за небольшой столик, поставила перед ним приготовленную заранее еду.

– Я сейчас вернусь, Коля, только маму к столу позову, – сказал она, выбежала из кухни и заглянула в комнату: – Мамочка, пойдем с Колей покушаем, и я тебя с ним познакомлю.

– Нет уж! Я не собираюсь ни с кем знакомиться в своей квартире! Корми его, корми! Он же тебе так угодил! – со злой издевкой произнесла возмущенная мать.

Таня не стала выслушивать мамины бессмысленные упреки и вернулась опять на кухню.

– Извините, Коля, мама себя плохо чувствует и не сможет к нам присоединиться.

Она налила себе и Коле по рюмочке коньяка, они чокнулись, выпили и стали обедать.

Мамочка же посидела на кровати, потом вскочила, стала, как загнанный зверь, метаться по комнате с все более возрастающим возмущением и, наконец, ее терпение кончилось...

Она решительно распахнула дверь комнаты, выбежала на кухню и уже с порога, чтобы не остыть, стала гневно выговаривать Тане:

– Как ты можешь при живой матери так поступать?! Я тебе всю мою любовь дарила, тебе доверяла, а ты... Только я за порог, а у тебя, оказывается, сразу появляется кобель какой-то...

– Мама, остановись! Что ты такое говоришь?!

– Ты еще смеешь спрашивать, что я говорю?! – мама повернулась в сторону Коли: – У вас небось жена есть и трое детей, да?

– Да, верно, а как вы узнали? – удивленно уставился на нее Коля.

– Вот посмотри на него, он даже не скрывает, – мама опять повернулась к дочери. – И тебе не стыдно женатого мужчину приглашать в дом?

– Мама, успокойся, это не то, что ты подумала!

– Ах, как же не то, что я подумала, – с издевкой повторила мать и продолжала: – Я подумала как раз то, что и было! Я столько лет тебя растила, глаз не смыкала, берегла, как зеницу ока, все тебе отдала, из-за тебя даже с отцом твоим рассталась, потому что он тебя не так любил, как я... А ты... Вот так ты мне отплатила за мою любовь?..

— Мама, Коля пришел, чтобы... – пыталась объяснить ситуацию Таня, но мама не дала ей вставить слово и снова набросилась на парня.

— Вам что – жены мало?! Чего вы шляетесь к моей дочери и голову ей морочите? Знаю я вас, кобелей, побалуетесь и в кусты!

— Да я... – начал было Коля, но мама не умолкала и продолжала:

— Да вы все на даровщинку, женщину поиметь, еще и хорошо закусить! Убирайтесь вон, быстро из моего дома!

Коля встал, взял свои инструменты и направился к двери.

— Он еще и с рабочим чемоданчиком! Работягу из себя корчит, а сам тут околачивается, пока жена и дети думают, что он на работе!

Входная дверь захлопнулась. Таня побежала в свою комнату и, уткнувшись в подушку, горько зарыдала.

Мать покричала еще некоторое время, потом зашла к себе в комнату, с силой захлопнула дверь... и тут вдруг увидела давнишнюю свою мечту – красивый новый шкаф!..

ОТВЕТЫ
НА
ВОПРОСЫ

ОТВЕТЫ МАДАМ ЖОЛИ

1. ***Что такое любовь?***

«Это когда ты отдаешь всю себя для твоей семьи и, если надо, жизнь».

2. ***В чем заключается разница между влюбленностью и любовью?***

«Влюбляться можно много раз, но каждый раз в каждом из этих людей ты разочаровываешься либо из-за их негативных поступков, либо потому, что тебя начинают раздражать их привычки, недостатки, манеры. Если любишь человека – его недостатки тебе подходят».

3. Зачем нужна эротика?

«Чтобы мужчина восхищался, возбуждался и желал».

4. Зачем нужен секс?

«Так Бог нас сотворил. Если женщина не имеет долго мужчину, у нее начинаются психические отклонения, которые она может даже сама не замечать. Замечают другие».

5. Что такое женская красота?

«Уверенность в себе».

6. Как стать эротичной?

«Красиво одеваться, делать легкий макияж, ходить вперед грудью и не горбиться, смотреть прямо на мужчин, не опуская глаз, и быть всегда уверенной, что любой мужчина будет вашим, если вы этого пожелаете».

7. Как найти любовь?

«Не сидеть постоянно дома. Ходить в гости, участвовать в самодеятельности, в клубах, заниматься спортом, общественной деятельностью.

И будьте уверены, рано или поздно вы всегда найдете хорошего партнера».

8. *Как влюбить в себя мужчину?*

«Прежде всего, нужно быть смелее. Если вы считаете, что мужчина вам подходит, предложите ему пригласить вас в кино, на танцы, в кафе. Если он откажет, не смущаясь скажите: „Жаль, вы мне понравились“ и гордо удалитесь. Уверяю вас, он будет вас помнить, и позже, может быть даже сам пригласит вас».

9. *Что нужно женщинам в постели?*

«Возбуждение, основанное на женской фантазии».

10. *Что нужно женщинам в брачной жизни?*

«Прежде всего – благополучие. Женщина – это не только любимая жена мужчины, но и мать детей, о которых нужно хорошо заботиться, давая им лучшее образование и воспитание».

11. *Как укрепить брак?*

«По возможности не отказывайте в близости своему партнеру. А если у вас нет желания, воспользуйтесь своим воображением, чтобы немного себя возбудить. Не у всех работает фантазия? В таких случаях я предлагаю читать перед сном эротические рассказы».

12. ***В чем заключается тайна вашего счастливого многолетнего брака?***

«Мы оба тянули наш семейный воз в одну сторону к цели, которую мы намечали – это нас сплачивало».

13. ***Чем вы балуете своего мужа?***

«Тем, что я ему никогда не отказываю в близости – это и есть баловство».

14. ***Зачем читать любовные книги?***

«Повседневные будни некоторым образом охлаждают чувства, и книги о любви восполняют утерянные эмоции и желания».

♥ ♥ ♥

У вас возникли вопросы к Мадам Жоли?

Пишите на имейл: **ninochka.jolie@gmail.com**

ОТВЕТЫ МЕСЬЕ ЖОЛИ

1. ***Что такое любовь?***

«Любовь – это награда Бога за желание-мечту встретить когда-нибудь родного человека».

2. ***В чем заключается разница между влюбленностью и любовью?***

«Влюбляются во многих, а любят только одну единственную».

3. ***Зачем нужна эротика?***

«Эротика и эстетика – это ощущение красоты».

4. ***Зачем нужен секс?***

«Так нас создал Бог».

5. ***Что такое женская красота?***

«Быть женственной и вызывать желание».

6. ***Как стать эротичной?***

«Любой женщине стоит научиться красиво двигаться и танцевать. Хороший пример: стиль Сары Лопес, Мадрид».

7. ***Как найти любовь?***

«Ищите любящих и преданных партнеров, даже если они кажутся вам на первый взгляд скучны».

8. ***Как влюбить в себя мужчину?***

«Почитайте Стендаля (Мари-Анри Бейль)
«О любви».

9. ***Что нужно мужчинам в постели?***

«Мужчинам нужна от женщин игривость и безотказность».

10. *Что нужно мужчинам в брачной жизни?*

«Безотказность в близости».

11. *Как укрепить брак?*

«Раз в неделю женщина может побаловать мужчину и одеться для него эротично».

12. *В чем заключается тайна вашего счастливого многолетнего брака?*

«Во всем ранее сказанном».

13. *Чем вы балуете свою жену?*

«Всегда хвалю ее, говорю комплименты на протяжении дня, делаю массаж».

14. *Зачем читать любовные книги?*

«Чтобы учиться проявлять любовь. Многие любят, а показать не умеют».

♥ ♥ ♥

www.ingramcontent.com/pod-product-compliance
Lightning Source LLC
Chambersburg PA
CBHW011130100726
47898CB00009B/2920
* 9 7 8 1 7 3 5 4 2 1 9 5 7 *